A casa de barcos

F✷SF✷R✷

JON FOSSE

A casa de barcos

Tradução do norueguês por
LEONARDO PINTO SILVA

1

EU NÃO SAIO MAIS DE CASA, uma angústia tomou conta de mim, e não saio mais de casa. Foi neste verão que a angústia tomou conta de mim. Reencontrei o Knut, não o via fazia uns dez anos, provavelmente. Eu e o Knut estávamos sempre juntos. Uma angústia tomou conta de mim. Não sei o que é, mas a angústia faz minha mão esquerda doer, os dedos doem. Não saio mais de casa. Não sei por quê, mas há meses nem sequer ponho o pé fora da porta. É só essa angústia. Foi por isso que decidi escrever, vou escrever um romance. Tenho que fazer alguma coisa. Essa angústia está ficando insuportável. Se eu escrever, talvez ajude. Foi neste verão que a angústia tomou conta de mim. Reencontrei o Knut. Ele casou, teve duas filhas. Quando éramos pequenos, eu e o Knut sempre estávamos juntos. E o Knut foi embora. Chamei por ele, mas o Knut simplesmente foi embora. Uma angústia tomou conta de mim. Ele me deu as costas. Eu não sabia o que dizer, só vi o Knut parado ali, na calçada, e então ele atravessou a rua. Não o via desde então. O Knut, eu não o via fazia uns dez anos, e neste verão o reencontrei. A mulher do Knut. Uma capa de chuva amarela. A jaqueta jeans. Os olhos dela. O Knut é professor de música, veio para cá de férias. Tenho mais de trinta anos e minha vida não deu em nada. Moro aqui, com a minha mãe. Foi neste verão que a angústia tomou conta de mim. Nunca escrevi nada por vontade própria, a maioria das pessoas provavelmente já escreveu, cartas, muitos podem ter escrito até poesia, mas eu jamais escrevi coisa alguma. Me dei conta de que talvez eu pudesse escrever. Precisava fazer alguma coisa, a angústia estava grande demais. De repente me ocorreu que talvez devesse começar a escrever, foi depois que a angústia tomou conta de mim, eu tinha que fazer alguma coisa, tinha que me livrar dessa angústia. Na verdade, até então eu nunca tinha pensado na possibilidade de escrever. Não antes de essa angústia aparecer. Repetidamente a angústia foi tomando conta de mim, sobretudo à noite, antes era a melhor parte do dia, mas agora as noites são atribuladas, muito atribuladas. Tive que inventar alguma coisa e decidi escrever. Talvez escrever ajude, mantenha a angústia afastada. Não sei. Mas essa angústia, para a qual não estou preparado, talvez ela diminua se eu escrever. Talvez tudo mude. Seja como for, escrever talvez possa manter a angústia sob controle durante algumas horas. Não sei. Porque essa angústia é insuportável, por isso quero escrever este romance. Estou sentado aqui. Sozinho. Estou aqui. É essa angústia. Estou no sótão da casa onde moro, escrevendo. Até que não me sinto tão mal agora, foi uma boa ideia começar a escrever um romance, acho que foi, embora eu mal tenha começado a escrever. A angústia é insuportável, por isso vou escrever. Estou sentado aqui no sótão, tenho dois cômodos à minha disposição, e ouço a minha mãe caminhando lá embaixo. Através do piso ouço o som da televisão. Na verdade estou bem. Tenho a minha guitarra. Tenho um aparelho de som, discos. Tenho livros. Não são tantos livros, mesmo assim leio muito, a maioria dos livros que leio, pego emprestado na biblioteca. Eu leio muito. Ouço a minha mãe caminhando lá embaixo. Moro com a minha mãe, apesar de ter mais de trinta anos. A minha mãe não é tão velha. Na verdade, nos damos muito bem, moramos juntos a vida toda. Neste verão, reencontrei o Knut. Quando éramos pequenos, eu e o Knut estávamos sempre juntos. A minha vida é que não deu em nada. A minha mãe. Os passos dela lá embaixo. A minha mãe recebe a pensão todo mês, faz as compras, cozinha, paga as despesas fixas, luz, telefone, arruma a casa, lava as minhas roupas, a maior parte do tempo ela passa resmungando. Quanto a mim, eu é que nunca fiz muita coisa da vida. Talvez isso incomode a minha mãe, talvez não, na verdade até que não incomoda tanto, por exemplo, ela costuma dizer que agora eu devia era arrumar um trabalho, não posso só ficar no sótão dedilhando uma guitarra, ela diz, mas então quando fala ela esboça um sorriso, então não sei se ela está falando sério ou não, além disso, agora faço umas coisinhas aqui e ali, ou pelo menos costumava fazer, até a angústia tomar conta de mim e eu decidir não sair mais de casa, antes eu até fazia as compras por ela, cortava lenha, passava o inverno inteiro carregando lenha, no outono saía com ela para colher frutas silvestres, pescava o peixe que comíamos, até conseguia algum dinheiro, um ou outro bico que aparecia, a maior parte do que eu ganhava era assim, tocando nos bailes. Eu toco guitarra, e um professor da escola fundamental daqui toca acordeão. O nome dele é Torkjell. Por isso o nome é Duo Torkjell. E tem essa angústia, que não me larga. Mas agora não saio mais de casa. O que significa que não tenho mais como ganhar o pouco dinheiro que antes eu ganhava. A dupla da qual faço parte também não tem muito futuro. Recusei vários trabalhos ultimamente, nem dos ensaios quis participar. Duo Torkjell. É assim que chama. Tocávamos principalmente em casamentos, e também numa ou noutra festa do povoado. Duo Torkjell. É o que dizem os cartazes, quase sempre escritos à mão, com uma caneta grossa vermelha. Tem essa angústia, e eu parei de sair de casa. Faz muito tempo desde a última vez que pus os pés lá fora. Neste verão, reencontrei o Knut, não o via fazia uns dez anos, ele casou e teve duas filhas. Eu e o Knut sempre estávamos juntos. Brincávamos juntos, começamos a tocar juntos. O Knut hoje é professor de música. Foi quando reencontrei o Knut que a angústia tomou conta de mim. Eu e o Knut decidimos formar uma banda de rock. O Knut. Ele veio passar este verão em casa. Ele, a mulher e as duas meninas. Ele tem duas filhas. Eu não o via fazia pelo menos dez anos. Eu vejo o Knut dançar com alguém, uma garota da sala dele. O Knut hoje é professor de música. Neste verão ele voltou para casa. Eu reencontrei o Knut neste verão. Foi quando a angústia tomou conta de mim. Estava atravessando a rua, a caminho da biblioteca, era uma bela tarde de verão. Então eu o vejo, dobrando a esquina, então vejo o Knut se aproximar. Eu avisto o Knut. O Knut surge, dobrando a esquina. Não o via fazia pelo menos dez anos, e então o Knut vem caminhando na minha direção. Primeiro vem o Knut, e eu presto atenção nele por um bom tempo, muito tempo, eu acho, depois vem uma mulher, de cabelos pretos curtos e grossos, olhos castanhos, vestindo uma jaqueta jeans, e atrás vêm as duas filhas saltitando pela calçada. Eu vejo o Knut se aproximando, e o Knut pensa que estava apreensivo com esse momento, mas sabia que iria acontecer, esbarrar em velhos conhecidos, não tinha como ser diferente, claro, e na verdade eu continuo o mesmo de sempre, o Knut acha, e então imagina o que deveria me dizer, faz tanto tempo, fizemos tantas coisas juntos, mas o que ele vai dizer, já não devemos ter mais nada em comum, mas é preciso dizer alguma coisa, conversar, era justamente por isso que ele estava apreensivo, o Knut acha, mas passamos por tanta coisa juntos, os bailes em que tocamos, as garotas, e teve aquela vez, aquela garota, não teve importância, eu fiquei tão acanhado depois, não foi nada sério, só um mal-entendido, foi num baile, depois que tocamos, e, como sempre, tinha umas garotas depois do baile, que bobagem, eu mudei completamente depois disso, me retraí, não quis mais tocar, o Knut pensa, e pensa que agora está casado, e na época eu não me sentia à vontade com as garotas, o Knut pensa, mas agora ele está casado, ele pensa, e faz tanto tempo, o que ele vai dizer, precisa dizer alguma coisa, ele estava apreensivo por causa disso, sabia muito bem que poderia acontecer, mas tinha que passar as férias em algum lugar, afinal, são férias longas, ele é professor, não pode ficar o tempo inteiro trancado em casa. O Knut acha que precisa sair dessa de alguma forma. Ele vê que estou me aproximando. Eu vi o Knut surgir dobrando a esquina, ele chega mais perto, e penso que faz tanto tempo que não o vejo, tantos anos, tanto tempo passou, e levanto minha mão, aceno para o Knut, e ele levanta a mão e acena de volta. Nós dois desviamos o rosto, nos aproximamos, paramos, e eu encaro o Knut, ele me encara, então se vira, olha para a mulher que vem andando atrás dele, espera um pouco, ela chega até nós, as meninas vêm correndo, param ao meu lado, olham para mim, e sinto que não vai ser tão difícil quanto eu imaginava, pode até correr tudo bem, as meninas parecem legais, e olho para elas, pergunto que tipo de meninas elas são e ergo o rosto na direção do Knut.

Que tipo de meninas nós somos, repete uma delas, e ambas começam a rir.

Pois é, a família cresceu, o Knut diz olhando para mim com um brilho nos olhos.

Sim, você está ótimo, eu digo, e o Knut balança a cabeça e diz que precisa me apresentar à esposa, que ainda não fomos apresentados, ele diz, e ela se aproxima tranquilamente, estende a mão, diz como se chama, mas fala tão baixinho que não consigo escutar o nome. Digo que eu e o Knut vivíamos grudados quando éramos crianças, tínhamos uma banda, e ela diz que o Knut já falou de mim, meu nome não é Bård, ela pergunta. O Knut a interrompe e diz que nós nos divertíamos bastante.

Tempo bom aquele, eu digo.

Sim, o Knut concorda.

E lá embaixo ficava a casa de barcos, eu digo.

Sim, íamos muito lá, o Knut diz.

Quase todos os dias, eu digo.

A casinha ainda está de pé, não está, pergunta o Knut.

Eu assinto.

Com a pintura descascando e caindo aos pedaços mais do que nunca, o Knut diz.

Provavelmente vai ficar assim até desmoronar de vez, eu digo.

E o Svein de Leite, morreu, pergunta o Knut.

Faz alguns anos, eu digo.

Aquele Svein era um sujeito muito estranho, o Knut diz.

Que pena que vocês não gravaram um disco, a mulher do Knut diz.

O Knut ri alto, e eu sorrio timidamente.

A gente nem chegou perto, eu digo.

Vocês tocavam nos bailes?, pergunta a mulher dele.

Tocávamos, eu respondo.

Não era tanto assim, só tocamos umas poucas vezes, o Knut diz.

Podemos ir agora?, pergunta uma das meninas.

Sim, foi bom ver você de novo, o Knut diz.

Prazer, a mulher dele diz.

Vamos, diz a outra menina.

Sim, já vamos, o Knut diz.

Agora, já, a menina diz.

Já vamos, já vamos, o Knut diz, e então ele diz que vão passar as férias de verão aqui, provavelmente, eu sei que ele agora é professor, não sei, ele pergunta, e ele ri rápido e então diz que certamente nos veremos de novo por aí, e faço que sim com a cabeça.

Poderíamos ir pescar, eu digo.

Você pesca, ele pergunta.

De noite, às vezes, no fiorde.

Vai pescar hoje à noite?, ele quer saber.

Estou pensando em ir, eu respondo.

Vamos embora, papai, diz uma das meninas.

E depois tem o baile nesse fim de semana, vou tocar com o Torkjell.

Aquele que é professor da escola fundamental?

Eu assinto.

Então você ainda toca, o Knut diz.

Não muito.

Vamos, a menina diz.

Sim, temos que ir, diz a mulher, e acena para mim, eu aceno de volta, então eu e o Knut nos despedimos, dizemos que certamente iremos nos encontrar por aí, e então atravesso a rua, rumo à biblioteca, e o Knut e a família dele seguem na direção oposta, e o Knut pensa que é claro que é sempre assim, ela precisava me olhar daquele jeito, e foi estranho me ver de novo, o Knut acha, mas na verdade eu sou o mesmo de sempre, não mudei tanto assim, continuo quase o mesmo, aquela garota, naquela época, as vezes que tocamos, faz muito tempo, não tinha como ser diferente, agora ele está casado, o Knut pensa, eu continuo fazendo as coisas que sempre fiz, morando na mesma casa, tocando de vez em quando, foi sempre assim, o Knut pensa, e pensa que está casado, tem duas filhas, casou dois anos atrás. O Knut pensa que sabia que não teria como não esbarrar comigo, estava apreensivo por causa disso, ele pensa, mas eles têm que passar as férias em algum lugar, férias de verão longas, dinheiro curto, a esposa em casa com as filhas, despesas em casa aumentando, é inevitável reencontrar velhos conhecidos, ele estava apreensivo por isso, a esposa, por que tinha que me olhar assim, daquele jeito, o Knut pensa, e eu me viro, o Knut me dá as costas, eu o vejo caminhando pela rua, provavelmente indo para a cooperativa, e penso que ele deve estar feliz de ter me encontrado, até porque não foi tão ruim falar comigo, deve ter ficado feliz, eu penso, e sigo para a biblioteca, mas mudo de ideia, não quero mais pegar um livro, não é o dia para isso, eu penso, então dou meia-volta, tomo o caminho de casa, e penso que reencontrei o Knut, devia fazer uns dez anos que não nos víamos, foi estranho voltar a vê-lo, eu penso, estranho também que fôssemos nos encontrar bem diante da casa de barcos, onde costumávamos brincar quando éramos crianças, íamos à casa de barcos quase diariamente, durante anos, eu penso, e volto para a minha casa, imaginando que talvez encontre o Knut e a esposa dele de novo, não gostaria, não devo encontrá-los, agora não, eu penso. Vou para casa. Perguntei ao Knut se ele queria me fazer companhia no mar, se não queria pescar comigo, mas ele não respondeu, e na verdade era isso mesmo que eu desejava, que ele não respondesse, que não quisesse me acompanhar, na verdade eu nem tive a intenção de fazer esse convite, só achei que era alguma coisa que eu podia perguntar, achei que tudo bem, não podia simplesmente dizer tchau, tinha que sugerir alguma coisa, combinar um programa que nós dois, tenho certeza, que nós dois não gostaríamos de fazer, porque já fazia tanto tempo que não nos víamos, tantos anos, não nos falávamos havia muito tempo, até que eu, nesse dia de verão, dei com os olhos no Knut dobrando a esquina, primeiro o Knut, depois a mulher, depois as duas filhinhas. Fazia anos que não nos víamos, pelo menos dez anos. Fiquei desconcertado, sem saber direito o que dizer, perguntei se ele queria pescar comigo mas o Knut não respondeu, porque aquela filha dele ficou o tempo inteiro perturbando, eles tiveram que ir embora. Eu queria pescar no mar naquela noite, eu disse. Ele poderia vir comigo se quisesse. Ele não respondeu, e era isso mesmo que nós dois queríamos. Mas foi naquela noite, enquanto eu estava no fiorde, que a angústia tomou conta de mim. Era uma bela noite de verão, estava quente, claro, soprava uma brisa fresca e decidi dar um passeio pelo fiorde, estender um espinhel no mar. Subo a bordo do barco e decido lançar a linha num ponto tão afastado da orla que até posso ver a casa onde o Knut está passando as férias de verão. O pai do Knut já morreu, só a mãe está viva. Ela vive sozinha na casa. Mas agora o Knut está lá, ele e a família. Continuo a pescaria, passo diante da casa de barcos em ruínas onde eu e o Knut brincávamos quando éramos pequenos, e avisto a casa onde o Knut está, uma casa branca no alto do morro. Uma pequena estrada desce da casa até a praia. Talvez o Knut me veja, talvez desça pela trilha, queira me fazer companhia na pescaria. Mas o que vou dizer a ele? Ele não deve querer vir, já faz tanto tempo, e não temos mais nada a dizer um ao outro. De repente olho de lado, acelero, passo rapidamente diante da casa onde o Knut está e então manobro o barco, faço uma curva fechada na direção oposta, para o meio do fiorde, para longe da terra firme, acelero o máximo que o motorzinho de popa permite, avanço fiorde adentro, e quando chego quase no meio do fiorde desacelero, desacelero completamente, e então lanço a linha no mar, e é claro que não há peixes aqui, nem esperava que houvesse, eu só queria tentar avistar o Knut em algum lugar, mas na verdade nem queria, recolho a linha, acelero novamente e, em pleno coração do fiorde, manobro e sigo noutra direção, rumo à ilhota onde costumo pescar, um dos pontos mais piscosos da região, além disso é muito bonito ali, abrigado do mar aberto, pode-se pescar em paz, caso você se mantenha na face externa da ilhota ninguém da terra conseguirá vê-lo, e é por isso, talvez principalmente por isso, que eu gosto de pescar perto da ilhota, não gosto de pessoas olhando para mim, jamais gostei, e na orla do fiorde tem umas faixas de terra lavrada, e ao redor delas ficam as casas. As casas dão de frente para o fiorde. Tem pessoas nas casas, e elas podem me ver. Eu sento na popa do barco, o motor dá tudo que pode, e me aproximo da ilhota, chego, desligo o motor, lanço o anzol, próximo da ilhota para começar, puxo a linha, não fisgo nada, talvez não pegue nenhum peixe esta noite. Mas é uma noite agradável. Sinto uma leve ansiedade. Não sei o que é. É uma coisa que se apossa de mim, não sei o que é, mas sinto uma angústia. Era uma noite agradável. Quente, amena. Sinto uma angústia. Uma angústia tomou conta de mim. Nunca senti nada assim antes, e avisto dois barcos mais além no fiorde, não reparei neles quando cheguei. Tem dois barcos lá longe, a poucos metros um do outro. Os barcos estão parados. Eu lanço a linha. Um dos barcos vem na minha direção. A angústia aumenta. Um dos barcos vem na minha direção. Continuo tentando fisgar um peixe, desvio o olhar para o outro lado. A angústia aumenta. Não quero me virar. Ouço o ruído do motor do barco que se aproxima. Tenho que me virar. Me viro e então a vejo, ela acena para mim, vejo a mulher do Knut, e ela está acenando para mim, vejo a mulher do Knut sentada na popa de um barco de plástico, vestindo uma capa de chuva amarela, vejo seu rosto sob o capuz, o cabelo preto, os olhos, e ela acena para mim, e chega mais perto, diminui a velocidade do motor, faz uma curva na direção do meu barco, e pergunta se fisguei alguma coisa, e não sei o que responder, tenho a impressão de que escureceu de repente, e a angústia de uma hora para a outra se foi, afundou dentro de mim, preciso ir embora, e por que será que ela está aqui agora, sozinha num barco de plástico, eu respiro fundo, a angústia que eu sentia passou, primeiro senti um mal-estar, depois passou, o barco dela se aproxima, escurece de repente, e vejo as coxas torneadas dela sob a calça impermeável, e desvio o olhar, olho para o outro lado, e nesse instante esqueço de puxar a linha, eu tinha largado a linha, esqueci completamente da linha, e então sinto um tranco e puxo a linha, fisguei um peixe, e digo que acabei de fisgar um peixe, eu me viro na direção dela, ela me deu sorte, eu digo, preciso falar alguma coisa, algo banal, já que ela está aqui, preciso dizer qualquer coisa, primeiro senti uma angústia, sem saber por quê, então de repente a mulher do Knut surge num barco na minha frente, preciso falar algo banal, fisguei um peixe, o primeiro do dia, estou de frente para ela, acho que sorrindo, então tem peixe aí, ela diz, e então giro o corpo na direção da amurada do barco, começo a recolher a linha, lentamente, vou puxando a linha, viro para ela, tão perto de mim, preciso dizer alguma coisa, e pergunto se ela conseguiu pegar alguma coisa, se fisgou algum peixe, não, nenhuma fisgada até agora, ela diz, e eu digo que os peixes devem ter ido dormir a essa hora. Tenho que dizer alguma coisa. Recolho a linha. Sorrio. Observo o peixe, um belo bacalhau. Com cuidado, arrasto o peixe sobre a amurada, seguro firme a linha, estendo os braços além da amurada, o peixe está no ar, um belo bacalhau esse, ela diz, e então. Então o bacalhau se joga novamente na água. Só vejo o brilho da cauda. O peixe afunda coisa de meio metro, bem rente à superfície, e então agita a cauda. Ali mesmo ele afunda e desaparece. Eu sorrio. Fico ali procurando o peixe, ele se foi, e sinto um alívio surpreendente, e me viro para ela, e sorrio. Ela sorri para mim. Ela desligou o motor e o barco dela flutua à deriva na direção do meu, e não compreendo por que o meu barco também não está à deriva, o meu barco está imóvel. Ergo o rosto, olho na direção da terra, e ali, no acostamento da estrada, a umas poucas centenas de metros da orla, no acostamento, avisto o Knut de pé, rapidamente desvio o olhar para baixo de novo, ele não se mexe, está quase petrificado olhando na nossa direção, ele está no acostamento olhando para nós. O barco dela se aproxima cada vez mais do meu, e agora percebo que ela está muito perto de mim, e tenho que dizer alguma coisa a ela, não posso apenas ficar ali calado, preciso dizer que o Knut está na terra firme, no acostamento, talvez quisesse vir nos fazer companhia, vir pescar com a gente. O barco dela está à deriva encostado ao meu. O Knut olha para nós.

Você deixou o peixe escapar, ela diz, e sorri para mim.

Era um belo bacalhau aquele, eu digo.

Pelo menos tem peixe por aqui, ela diz, e sorri.

A menos que só tivesse aquele.

Sendo assim eu devia tentar a sorte aqui também, ela diz, e se inclina para a frente, preciso dizer que o Knut está bem ali na estrada, eu penso, ela segura a vara de pescar e fica em pé, empunha a vara e, com um movimento desajeitado, ela não sabe pescar, eu penso, mas com um movimento desajeitado ela inclina a vara para trás, arremessa, e o anzol espirra na água a alguns metros de distância do barco dela, e ela senta novamente, olha para mim. Ela sentou.

Não fiz direito, ela diz, e ri.

Requer um pouco de prática, eu digo.

É verdade, ela diz.

Ficamos em silêncio.

Você pesca sempre?, ela pergunta.

No verão, sim, eu digo.

E gosta?

É, gosto...

Novamente ficamos em silêncio, e eu giro o corpo para o lado oposto ao dela, tratando de não olhar para a terra firme, porque o Knut está lá na estrada, imóvel, olhando para nós, eu giro o corpo e olho na direção do mar. A angústia se foi. Não entendo. O barco dela está ao lado do meu. Nós pescamos.

Você pega bastante peixe?, ela pergunta.

Às vezes. Quando pego o primeiro costumo pegar bastante, eu digo.

O que você faz com eles?

Minha mãe prepara.

Você mora com a sua mãe?

Pois é.

E você viveu aqui a vida inteira?

Sim.

E não viaja?

Não gosto de viajar.

Não gosta de viajar...

Quer dizer, talvez, um pouco.

Por que não?

Porque não, eu respondo.

Não tem importância, ela diz, e ergo o rosto, na direção da terra, o Knut ainda está lá, ficamos quietos, não dizemos nada, e de repente ela inclina a cabeça para a frente, inclina a cabeça na minha direção, e a vara vibra, tem um peixe beliscando, ela grita, agora ela fisgou, fisgou um peixe, preciso ver a vara, conferir se ela vergou mesmo, vergou-se toda, ela diz, e ela segura firme a vara, a prende no meio das pernas, debaixo do assento, e puxa, a vara se dobra, ela retesa os lábios e segura firme, e a vara verga, verga ainda mais, dobra-se inteira, e ela se levanta, não é tão grande, é pequeno, ela se levantou, inclina-se para a frente, e grita que pegou um peixe, ela consegue vê-lo, um bacalhau bem bonito, ela diz, e recolhe a linha, o peixe flutua pelo ar, sobre a amurada do barco, debate-se no convés, e ela recua um pouco, fica em pé admirando o peixe, senta. Ouço o peixe chapinhar no barco dela, os golpes firmes da cauda. Do meu barco fico admirando o peixe que ela pegou.

Nada mal, eu digo.

O maior peixe que já peguei, ela diz.

Muito bem, eu digo.

Que peixão, ela diz.

Nada mal mesmo.

E é um bacalhau.

É.

O que vou fazer com ele?, ela pergunta.

Tem que sangrar, eu digo.

Como assim...

Não pode deixar o sangue parado no peixe, ele pode apodrecer.

O peixe ainda está vivo.

Sim.

Você não pode fazer isso para mim?, ela pede.

Claro que posso, eu digo, e peço para ela jogar o bacalhau no balde que traz no barco, e ela se levanta, apanha o balde, tenta jogar o peixe lá dentro sem encostar nele, no final ela apenas empurra o peixe com a mão, ele golpeia com a cauda, debate-se e escorrega para dentro do balde, e ela levanta o balde, estende a mão segurando o balde sobre a amurada, o barco dela encosta no meu, e eu me levanto, apanho o balde pela alça, cuidando de não tocar na mão dela, e então a mão dela desliza para perto da minha, roça a minha pele, muito rapidamente, e então ela recolhe a mão, eu arrasto o balde para o meu barco, deveria avisar que o Knut está ali na estrada olhando para nós, ela não reparou nele, não posso olhar para lá, eu penso, e então seguro o peixe pelas guelras com uma das mãos, enfio o polegar da outra no meio das guelras, puxo com força, o peixe estremece, o sangue espirra, e então seguro firme, prendo o peixe pela mandíbula, suspendo-o do lado de fora do barco, enxáguo o peixe, trago-o de volta a bordo, levanto o balde sobre a amurada, enxáguo o balde, despejo um pouco de água no barco e lavo os vestígios do sangue que escorreu. Devolvo o peixe ao balde e entrego a ela, e de novo a mão dela desliza sobre a minha, toca a minha pele, eu sorrio discretamente para mim mesmo, mas fico desconcertado, ela encosta na minha pele por um tempo, por pouco tempo, não sei direito, mas agora ela está segurando um peixe nas mãos, e eu volto a sentar. Talvez ela tenha tocado na minha pele.

Que nojo, ela diz.

Já estou acostumado, eu digo.

Ela lança o anzol no mar novamente, e quero muito perguntar por que o Knut não está com ela, dizer que ele está nos observando, mas talvez eu não devesse fazer isso, penso, talvez seja até indelicado perguntar, ela já deve tê-lo visto, eu penso...

Você costuma pescar aqui pela ilhota?, ela pergunta.

Costumo, eu digo, e levanto o rosto, olho na direção da terra, e ali, perto da praia, sobre uma rocha, bem na minha frente, em cima de um rochedo na praia, avisto o Knut, e ele está arremessando seixos no mar. Só pode ser o Knut que está ali, e ele está olhando para a frente, para o mar, ele está ali olhando para nós. O Knut está na praia, olhando para a esposa, e a esposa dele está sozinha num barquinho, e esse barquinho está ao lado do meu. Olho para baixo. Com o canto do olho espio a esposa do Knut, mas ela está entretida pescando, nem reparou que o Knut está parado ali na orla, sobre um rochedo. Ela está entretida pescando. Com os olhos no mar. O Knut está em terra firme, só pode ser o Knut, eu acho. A mulher do Knut se vira e olha para mim.

Acho que não tem mais peixe aqui, ela diz.

Não respondo, não levanto o rosto.

Vai ver era só esse. Primeiro você o pegou, e depois que deixou escapar ele fisgou meu anzol.

A mulher do Knut sorri para mim, e cuidadosamente eu levanto o rosto, cuidadosamente olho na direção da terra, para a estrada, mas o olhar dela não acompanha o meu, e o Knut ainda está lá.

Não sei se já não é hora de ir para casa, eu digo, esfregando as mãos.

Você acabou de chegar.

Mas não tem mais peixe aqui.

Estou pescando já tem um tempo, ela diz.

Não respondo.

Aqui tem peixe, ela diz.

Olho para o chão do barco.

Você poderia ficar mais um tempinho pescando, é bom ter companhia, ela diz.

Não respondo.

Queria dar uma voltinha pela ilhota, ela diz.

Não, eu digo.

Claro que você quer também, ela diz, e se levanta, fica de pé no barco, recolhe a linha, senta na popa do barco, dá a partida no motor, segue na direção da ilhota, eu olho para a capa de chuva amarela, olho para o motor, e me viro, rapidamente, eu me viro e vejo o Knut sentado num rochedo na praia, olhando para mim, e me viro novamente, dou a partida no motor, preciso acelerar, preciso contar a ela que o Knut está ali esperando na praia, acelero, já dei a partida no motor, e vou atrás da mulher do Knut, ela vai na direção da ilhota, reduz a velocidade, desliga o motor, equilibra-se na proa do barco, pronta para desembarcar, e eu vou atrás, manobro meu barco ao lado do dela, desligo o motor, suspendo a hélice, corto o combustível, vou até a proa, pego a corda, salto sobre as pedras da orla e olho para a terra, e o Knut ainda está lá, ele agora se levantou, ele está lá, na praia, imóvel, e eu me equilibro sobre o terreno íngreme, procuro uma árvore, amarro o barco no tronco, e a mulher do Knut sentou nas pedras, encostou o queixo nos joelhos, abraçou as pernas, agora ela deve ter visto o Knut, eu penso, a corda do barco está largada no chão, e eu me aproximo, digo que posso amarrar o barco dela, apanho a corda, amarro o barco dela, amarro na mesma árvore em que meu barco está preso. Sorrio. Olho na direção da terra e lá está o Knut. A mulher do Knut olha para mim e pergunta do que estou rindo. Digo que não estou rindo. Ela diz que é claro que eu estou. Pergunto se não deveríamos dar uma volta pela ilhota, e ela diz que sim com um meneio de cabeça, e eu começo a caminhar pelas pedras, caminho sobre a urze, a ilhota inteira é coberta de urzes, tem muitos arbustos, algumas árvores, algumas formações rochosas, e do outro lado, na face externa, que dá para o fiorde, no trecho mais largo, abre-se uma linda baía. Ela vem andando atrás de mim. Eu vou caminhando na frente. Ela vem atrás de mim e me diz para esperar. Eu paro.

É a primeira vez que piso numa ilhota.

É mesmo, eu digo.

Você vem aqui com frequência?, ela pergunta.

Quase nunca.

Já tinha desembarcado aqui antes?

Já, eu digo, e caminhamos sobre a urze, eu não viro o rosto, não quero virar, e ela tampouco se vira, tem o olhar fixo à frente, caminha, talvez não queira se virar. Digo a ela que podíamos ir até uma baía, é o lugar mais bonito da ilhota, a baía fica do outro lado da ilhota, a baía dá para o fiorde, e ela diz que podemos ir, sim, que quer ir, para ela tanto faz, ela quer passear pela ilhota, só isso. Cruzamos a ilhota, caminhamos sobre a urze, nos esgueiramos pelos arbustos, descemos em direção ao mar, margeamos a orla. A uma curta distância dali existe uma praia de areia. Lá mesmo ela para, a mulher do Knut, e rabisca a areia com a ponta do sapato. Eu fico observando. É uma bela noite de verão, amena, e a mulher do Knut está vestindo roupa de chuva, calças brancas impermeáveis e uma capa de chuva amarela. Ela tem cabelos pretos e olhos castanhos. Eu nunca tinha falado com ela, e agora estamos passeando pela praia, vencemos uma escarpa, subimos alguns montes cobertos de urze, e finalmente avistamos a baía, agora preciso dizer que o Knut está em algum lugar na praia, eu penso, preciso mencionar isso. A mulher do Knut sorri para mim.

Você fala pouco, ela diz.

Sim.

Pelo visto as pessoas daqui são assim, ela diz.

Em geral são.

Vou passar o verão inteiro aqui, ela diz.

Faz pouco tempo que você chegou?

Ela diz que sim, e me dou conta de que digo você, não vocês, ela diz eu, e não nós, e de alguma forma tenho que dizer a ela que o Knut está bem ali, na praia, faz tempo que está ali, talvez quisesse estar conosco, não sei, preciso dizer isso a ela.

Sim, chegamos há uns dois dias, ela diz.

Mas você já esteve aqui antes?

Sim, várias vezes, ela diz.

Ficamos em silêncio.

Mas eu nunca tinha visto você, ela diz.

Passo muito tempo em casa.

Sozinho?

Sim, a maior parte do tempo.

Por quê?

Não sei.

Devia arrumar uma companhia, ela diz.

Eu dou de ombros.

Você prefere ficar sozinho?

Acho que sim.

Você é estranho, ela diz.

Ficamos em silêncio.

Sujeito engraçado você, ela diz, e chegamos finalmente à baía, sentamos, ficamos sentados sem dizer nada, calados, lentamente começa a escurecer, sutilmente a noite cai, e não me sai da cabeça o pensamento de que o Knut está ali na praia, primeiro ele estava na estrada, depois desceu até a praia, apenas ficou parado lá, imóvel, eu tratei de não o encarar, talvez ele tenha percebido que eu o vi, não sei, e então de repente, subitamente, mais forte do que antes nesta noite, muito perceptível veio a angústia, se abateu sobre o meu corpo, minha mão esquerda começou a doer, os dedos, dói tudo, alguma coisa me afetou, está escurecendo, cada vez escurece mais, e eu olho para a mulher do Knut, e ela olha para mim, e só então eu reparo nos olhos dela, e sei, de repente, que não posso contar que o Knut está ali na praia, não dá, não sei por quê, mas não dá. A angústia é grande agora. Preciso voltar para casa, decido que tenho que voltar, digo isso a ela, e ela assente. Voltamos para os barcos. Não consigo mais avistar o Knut. Damos a partida nos motores. Vou primeiro, ela vem atrás. Pelo fiorde, a caminho de casa. Olho fixamente para a frente, está calmo, escureceu um bocado. O barulho dos motores. A caminho de casa. Então um grito. Um grito. A angústia. Nunca senti essa angústia antes, e alguém grita. Diminuo a velocidade, faço uma curva discreta. A mulher do Knut faz o mesmo. Olho em volta, olho para a terra. O Knut. No pontal, bem atrás de nós, vejo o Knut em pé, e ele grita, acena com a mão, pergunta se não pode pegar uma carona para casa. Eu manobro o barco, sigo na direção do pontal. O Knut senta no pontal. Ele sorri, ele nos viu, ele diz, e sorri. Não sei o que dizer. A mulher do Knut desembarca e diz oi, diz que era bom vê-lo.

Peguei um peixe, ela diz.

O almoço de amanhã, o Knut diz.

Um bacalhau bem bonito, ela diz.

Quero ver então, o Knut diz e se levanta, vai até a beira-mar, e a mulher do Knut mostra a ele o peixe, ele diz que é um belo bacalhau, de um bom tamanho, vai ser o almoço de amanhã, ele diz, vai ficar uma delícia, ele diz, podemos salgá-lo ainda hoje, deixar no sal até amanhã, vai ficar bom, bacalhau salgado fresco. O Knut vai para o outro lado do pontal, em direção ao meu barco.

Pegou alguma coisa hoje, ele pergunta, e espia em volta do meu barco.

Eu balanço a cabeça.

Ele pegou um peixe e deixou escapar, ela diz.

Foi mesmo, puxei até quase a amurada, mas ele escapuliu, eu digo.

Devia ser um peixe enorme, não?

Era grande, eu digo.

Deve ser o mesmo peixe que eu peguei, a mulher do Knut diz.

Era um bacalhau?

Era, eu digo.

Do mesmo tamanho?

Eu confirmo com a cabeça.

Estávamos pescando juntos, primeiro ele fisgou o peixe que escapou, e logo depois eu fisguei um, ela diz.

Certamente é o mesmo então, o Knut diz.

O bacalhau não nada em cardumes, eu digo.

Que nem você, o Knut diz.

Isso foi grosseiro, a mulher do Knut diz, e ri, e o Knut diz que é a primeira vez que nos vemos em dez anos, embora ele costume vir aqui com frequência, e então, de repente, nos encontramos duas vezes no mesmo dia, e eu concordo com a cabeça, digo que é inusitado, e não sei o que dizer, porque o Knut estava ali na terra, em pé no acostamento, desceu até a praia, eu o vi, e ele me viu, viu que eu o vi, e então eu e a mulher do Knut fomos até a ilhota. O Knut ficou na beira da praia. E então ele grita. Enquanto voltávamos para casa o Knut estava num pontal, e grita. Olho para o Knut, e ele sobe a bordo do barco da mulher, vai até a popa onde está o motor e pede que ela vá até a proa e sente. Aciona o motor.

Tenho que levá-la para casa, ele diz, dirigindo-se a mim.

Sim, eu digo.

Você sempre diz sim, diz a mulher dele para mim, e eu concordo com a cabeça, sem dizer nada, é tão estranho isso, e a angústia, essa enorme angústia, o dia escurece, e os olhos dela, os olhos dela estão espalhados por toda parte agora, pelo céu, pelo fiorde, e essa angústia, eu nunca a tinha sentido. Os olhos dela.

Bem, acho melhor irmos para casa então, o Knut diz.

Até mais então, eu digo, e o barco com o Knut e a mulher dele já vai em alta velocidade, cruzando o fiorde, e eu preciso dar a partida no motor, tenho que ir também, chegar em casa. Mas não dou a partida no motor. Fico ali, na costa do pontal, fico ali à toa provavelmente durante uma hora, o tempo inteiro sentindo essa angústia, uma angústia que nunca senti, e então dou a partida no motor, avanço fiorde adentro, ao largo do pontal, e fico ali pescando, consigo pegar alguns peixes, peguei alguns peixes agora, e então, quando já estava totalmente escuro, quando o vento já soprava frio, dei a partida no motor e fui para casa. O tempo inteiro essa angústia comigo, essa angústia que de repente tomou conta de mim, e por toda parte estavam os olhos dela. Ela é a mulher do Knut. Cheguei em casa e agora estou sentado aqui, passo as noites sentado aqui, escrevendo. Essa angústia que não me deixa. É por isso que eu escrevo. Preciso me livrar dessa angústia. Neste verão reencontrei o Knut, não o via fazia uns dez anos, e uma angústia tomou conta de mim. É por isso que eu escrevo. Queria mesmo era me aproximar dessa angústia, trazer ela para dentro da minha vida. Sempre estávamos juntos, eu e o Knut. Todos os dias. O Knut foi embora, eu chamei por ele, mas ele simplesmente se foi. Eu conheci a mulher do Knut. Foi no mesmo dia em que reencontrei o Knut. Não via o Knut fazia uns dez anos, ele casou e teve duas filhas. O Knut dança com uma garota da turma. Foi nesse dia que essa angústia tomou conta de mim, depois ela só aumentou. A mulher do Knut. Estou sentado aqui escrevendo, preciso me livrar dessa angústia. Uma capa de chuva amarela. Não saio mais de casa. A minha mãe.

UMA ANGÚSTIA TOMOU CONTA DE MIM. Não saio mais de casa. Foi neste verão que essa angústia tomou conta de mim. É por isso que estou escrevendo. A esposa do Knut, uma capa de chuva amarela, a jaqueta jeans. A minha mãe caminhando lá embaixo. Ela vê televisão, vai às compras. A minha mãe. Ela é quem vai às compras. Antes eu costumava ir às compras, agora não vou mais. Foi neste verão que a angústia tomou conta de mim, e desde então não saí mais de casa. A minha mãe não é tão velha. Eu reencontrei o Knut, e o vi indo embora, ele me deu as costas. O Knut foi embora. Eu chamei por ele. Não sei, não. É essa angústia. Não encostei mais na guitarra desde que a angústia tomou conta de mim, e não ponho mais os pés fora de casa. O que está acontecendo com você, a minha mãe quer saber. Você não pode simplesmente ficar trancado aqui, ela diz. Foi neste verão que reencontrei o Knut, ele casou, teve duas filhas. É a angústia, não sei ao certo, mas a angústia. Eu chamei o Knut, mas ele não respondeu, apenas foi embora. Desde então não o vi mais. Preciso espantar a angústia, por isso escrevo. Foi neste verão que a angústia tomou conta de mim. Não saio mais de casa. Não encostei mais na guitarra desde que a angústia tomou conta de mim, não ouço mais meus discos. Dói a mão esquerda, os dedos doem. A minha mãe. A mulher do Knut. Uma capa de chuva amarela. A jaqueta jeans. Os olhos dela. Uma angústia tomou conta de mim, e eu escrevo. A guitarra. Olho para a minha guitarra. Lembro da primeira guitarra que tive. Eu e o Knut. Neste verão reencontrei o Knut, e foi então que essa angústia tomou conta de mim. O Knut casou e teve duas filhas. Quando éramos pequenos, eu e o Knut estávamos sempre juntos. Todos os dias. Nos primeiros anos de juventude também não desgrudávamos um do outro. Começamos a tocar juntos, eu e o Knut. Eu e o Knut decidimos formar uma banda, uma banda de rock, não sei quantos anos tínhamos, talvez onze, e num intervalo da escola decidimos, eu e o Knut, que faríamos uma banda de rock, passávamos os intervalos das aulas planejando, primeiro achamos que seria preciso mais gente, a nossa banda deveria ter quatro pessoas, dois guitarristas, guitarras elétricas, claro, e também um baixista e um baterista, e então um de nós teria que cantar, ou talvez devêssemos ter um vocalista à parte, teríamos que ter pelo menos um microfone, e também alto-falantes, amplificadores, um pedestal para o microfone, cabos, seria preciso tanta coisa, e também teríamos que compor as canções, precisaríamos também arrumar um lugar para ensaiar, mas, para começar, quem sabe pudéssemos ensaiar na nossa casa de barcos, como a chamávamos, e também de um nome, a banda precisava ter um nome. Eu e o Knut planejamos tudo. Eu e o Knut dizíamos que seríamos bons, que tocaríamos nos bailes. Eu queria tocar guitarra, o Knut também. Voltando para casa naquele dia. Eu e o Knut de bicicleta, lado a lado. Pedalando lado a lado, e ao passar pelo Centro da Juventude, o Knut freou bruscamente, fez uma curva no pátio em frente, largou ali mesmo a bicicleta e subiu correndo os degraus da entrada. Aqui, ele disse. Poderíamos ensaiar aqui. Tinha tudo para dar certo. Nós poderíamos ensaiar no Centro da Juventude. Precisamos de um lugar para ensaiar, é importante, ele disse. Além do quê, a casa de barcos não tinha eletricidade, precisávamos de eletricidade, ele disse. Eu concordei, e decidimos na mesma hora pedir permissão ao vendedor da cooperativa, que também era presidente do grêmio, o Knut o conhecia, então fomos imediatamente até a cooperativa, pedalamos até lá para perguntar ao presidente do grêmio, e foi o que fizemos, saímos em disparada, pedalando feito loucos, ladeira acima, de pé nos pedais, chegamos ao pátio diante da cooperativa, de bicicleta, deixamos as bicicletas no estacionamento, entramos na cooperativa, perguntamos pelo presidente do grêmio, e ele tinha ido até o cais, era lá onde ele passava a maior parte do tempo, disse a senhora atrás do balcão, então descemos correndo a escadaria, fomos até o cais, e lá estava ele, o presidente do grêmio, e perguntamos a ele se poderíamos ensaiar no Centro da Juventude, queríamos começar uma orquestra, explicamos, de início dissemos orquestra, e não banda, e se não pudéssemos ensaiar no Centro da Juventude precisaríamos de outro lugar para ensaiar, não podíamos ensaiar em casa, com amplificadores e bateria, faríamos muito barulho, não podíamos ensaiar na casa de ninguém, e então o presidente sorriu, olhou para nós, perguntou se nossos pais concordavam com isso, se deixavam que tocássemos juntos, se já tínhamos todos os equipamentos, neste caso talvez fosse possível ensaiar no Centro da Juventude, ele supunha que sim, ele era o presidente, mas não decidia tudo sozinho, em todo caso ele era a favor, mas não cabia a ele decidir tudo, se nós soubéssemos mesmo tocar, então, sim, ele apresentaria a sugestão ao conselho, e logo uma decisão seria tomada, era só esperar. Ele sorriu. Eu e o Knut estávamos radiantes, assentimos. E o presidente estava ali, sorrindo para nós. Mas será que tínhamos mesmo os equipamentos?, ele perguntou novamente. Dissemos que ainda não tínhamos nada. O presidente do grêmio disse que talvez pudéssemos ensaiar no Centro da Juventude, isso não seria um problema, ele disse. Mas e quanto aos equipamentos? Equipamentos musicais eram caros, e nós sabíamos tocar? O Knut disse que ainda não tínhamos os equipamentos, mas era preciso começar por algum lugar, e não sabíamos tocar ainda, mas é preciso começar para aprender, ele disse. Com isso o presidente do grêmio concordava. Além disso, disse o Knut, hoje mesmo íamos começar a adquirir os equipamentos. Então o presidente disse que talvez pudesse nos ajudar. Pois lá no depósito havia um cabide antigo, parecia um pedestal de microfone, era igualzinho, ninguém seria capaz de dizer que não era, tinha até umas hastes de ferro nele, parecia um guarda- -chuva, as hastes serviam para pendurar mercadorias, mas eles não usavam mais esse cabide, e poderíamos ficar com ele, caso quiséssemos. Ele foi até o depósito e nós o acompanhamos. Eu e o Knut fomos atrás dele, piscando os olhos sem parar um para o outro. Assentindo um para o outro. O presidente saltou sobre páletes com sacas de farinha e sumiu em algum lugar lá atrás, e então foi surgindo diante de nós uma barra de ferro, cada vez mais nítida, uma barra de ferro comprida, depois uma base preta, parecia a base de uma árvore de Natal, só que era preta, em seguida surgiu a mão do presidente e então o presidente inteiro. Isso aqui vai ajudar, ele disse, e nós ficamos ali mudos, é perfeito, parece um pedestal de microfone de verdade, a única coisa que precisamos fazer é serrar um pouco a haste, ela é muito comprida, e claro que o presidente disse que, já que éramos tão pequenos e a haste era tão comprida, um podia trepar no ombro do outro e cantar bem alto, ele disse, e depois deu uma sonora gargalhada. O Centro da Juventude ficaria lotado se nós nos apresentássemos assim, ele disse. Não achamos lá muito engraçado. Mas a haste ali no chão parecia mesmo um pedestal de microfone. E agora tudo o que precisávamos era de um microfone, disse o presidente. Aliás, tinha um microfone no Centro da Juventude, mas estava quebrado. E um amplificador também, que estava funcionando, e um par de alto-falantes também, que deveriam estar funcionando. Era bem possível que pudéssemos pegar emprestado o sistema de alto-falantes por um tempo, ele disse. Ficamos ali, só balançando a cabeça, legal, dissemos, éramos muito gratos a ele, e então pegamos o pedestal do microfone, um segurou a base, fui eu, o outro a haste, mais no alto, foi o Knut, e carregando entre nós o pedestal subimos as escadas na direção da loja. Cara, que sorte que tivemos, disse o Knut. Não só conseguimos um lugar para ensaiar, mas também um pedestal de microfone, um amplificador e duas caixas de som. Tudo isso num único dia. Sorte demais, cara, ele disse. Do lado de fora da loja da cooperativa estavam nossas bicicletas, com as mochilas na garupa. Isso é ruim, disse o Knut. Não tínhamos como levar as bicicletas e ainda carregar o pedestal, ele disse. Não, não vai dar, eu disse. As bicicletas teriam que ficar lá, nós voltaríamos para apanhá-las depois, primeiro levaríamos o pedestal para casa, sugeriu o Knut, e eu concordava totalmente. Então fomos caminhando pela rua, o Knut na frente e eu atrás, entre nós o pedestal, e decidimos levá-lo até a casa de barcos, era o melhor a fazer, achamos, e caso não encontrássemos outro lugar para ensaiar, poderíamos muito bem ensaiar lá mesmo, dissemos, e ambos concordamos, poderíamos muito bem começar ali, estávamos de acordo. Seguimos pela rua. Carregando o pedestal do microfone entre nós. Mas não podemos simplesmente ir para a casa de barcos desse jeito, eu digo. A casa não é nossa, eu digo. Só acontecia de irmos muito lá para brincar. Paramos. O Knut olha para mim. Ele concorda. Acho que então podemos descer até a praia, chegar na casa de barcos pela praia, como sempre fazíamos, ele diz. Eu digo que sim com a cabeça. Então retomamos o passo, atravessamos a rua, olhamos em volta, caso alguém esteja vendo, não avistamos ninguém, e então desviamos para o acostamento, subimos uma colina, descemos uma trilha que dá na praia, uma trilha bem íngreme, mas vamos devagar, tentando manter o equilíbrio, quase escorregando algumas vezes, mas foi tudo bem e agora já descemos até a praia. Então o Knut diz que devemos fazer uma pausa, eu concordo, e sentamos, cada um sobre uma pedra. Ficamos ali sentados sem dizer nada. Só admirando a vista do fiorde. Pegamos um seixo cada um e o arremessamos no mar, não muito longe, apenas para afundar na água. Está indo muito bem até aqui, o Knut diz. Incrível, eu digo. O pedestal do microfone está caído entre nós, sobre os seixos da praia. Ele foi muito legal, o presidente do grêmio, eu digo. Um cara bacana, o Knut diz. Estamos sentados, cada um na sua pedra, arremessamos seixos no mar e nos entreolhamos, ficamos em pé, seguramos cada um numa extremidade do pedestal e seguimos pela praia. Eu e o Knut caminhamos pela praia, na frente vai o Knut, eu vou atrás, e entre nós um antigo cabide da cooperativa que carregamos, mas ele parece direitinho um pedestal de microfone. Eu e o Knut seguimos pela praia, agora passamos em frente ao sítio do Svein de Leite, é ele o dono da casa de barcos para onde estamos indo, então eu digo ao Knut para não falar alto, ou pelo menos não mencionar aonde estamos indo, e o Knut assente, ele concorda. Caminhamos pela praia, não dizemos nada. De repente o Knut para, e eu me viro, olho para ele, e o Knut aponta para a copa das árvores do pomar do sítio do Svein de Leite. Eu olho para o alto e vejo as maçãs e peras pendendo dos galhos. Parecem deliciosas. Eu e o Knut ficamos completamente imóveis, e então eu digo que podemos guardar o pedestal do microfone na casa de barcos primeiro, o Knut concorda, e tornamos a andar. Ouço o marulho das ondas quebrando sem parar na beira da praia. Contemplo a casa de barcos. Escuto as ondas. Seguimos em direção à casa de barcos. Ouço as ondas quebrando na praia. Tento caminhar no ritmo das ondas. Eu e o Knut estamos indo para a casa de barcos. Chegamos, subimos a trilha pela lateral da casa de barcos, ali tem uma porta, é mais uma escotilha, que costumávamos usar. A escotilha está trancada por fora apenas com um gancho. Destravo o gancho, abro a escotilha, rastejo para dentro, e o Knut me entrega o pedestal do microfone. Está escuro no interior da casa de barcos. O chão ali dentro é de terra. O Knut entra e fecha a escotilha ao passar. Ficamos um tempo sem fazer nada, acostumando nossos olhos à escuridão, e assim que conseguimos enxergar alguma coisa, o Knut se perfila diante do pedestal do microfone, depois eu, e constatamos que ele é alto demais, e o Knut diz que é preciso serrá-lo ou ele não terá serventia, e então decidimos fazer isso, agora mesmo, está decidido, mas não podemos serrar demais, ou ele ficará curto demais antes que a gente se dê conta, é o que dizemos. Mas se vamos serrá-lo temos que ir em casa buscar um serrote, e então decidimos ir até a minha casa, que fica mais perto. Vamos fazer isso agora mesmo, decidimos, mas primeiro temos que esconder o pedestal do microfone, dizemos, e olhamos em volta, onde podemos escondê-lo, e decidimos enfiá-lo debaixo de um barco a remo que está apodrecendo emborcado no chão, junto a uma parede, e conseguimos fazer isso, a haste desliza facilmente para debaixo do barco, mas a base em si é um problema, quase não passa pelo vão. Então saímos. Empurramos a escotilha e estamos fora. A claridade chega a arder nos olhos. Eu e o Knut percorremos apressados a rua principal, pegamos uma outra que leva à minha casa, descemos ao porão e conseguimos encontrar o serrote, e quando saímos do porão lá está minha mãe no meio do caminho, estava me esperando, ela diz, eu cheguei tão tarde, ela diz, e onde eu havia enfiado a minha mochila, e a bicicleta, e eu falo da banda que vamos fazer, da mochila, vou buscar a mochila, eu digo, ela está na garupa da bicicleta em frente à cooperativa, já vou buscá-la, eu digo, e ela diz que o almoço vai esfriar, e eu digo que não tem problema, não me importo de comer comida fria, eu digo, e ela ainda faz menção de dizer alguma outra coisa, mas no mesmo instante eu e o Knut já estamos longe, dobrando a esquina da rua principal. Planejamos tudo, primeiro ele tem que passar em casa, coisa rápida, ou vai tomar uma senhora bronca, depois ele virá até a minha casa, e depois iremos até a casa de barcos, e então vamos serrar o pedestal do microfone. Temos muito o que fazer. Vamos até a cooperativa, e lá estão as bicicletas, as mochilas nas garupas, subimos nas bicicletas, seguimos apressados para casa, e mais adiante vemos o Svein de Leite caminhando pela rua em sentido contrário, ele vem em nossa direção, preenchendo quase toda a rua à medida que caminha, ele quase matou uns moleques que roubaram as peras do sítio dele, ele é tão intrometido, quer saber de tudo que acontece, agora é capaz de querer tomar satisfação sobre o pedestal do microfone, o Knut diz, e o Svein ergue a mão, nos diz para parar, ele nos viu lá na praia carregando alguma coisa, o que era, ele quer saber, e o Knut responde que não era nada de mais, e o Svein diz que era, sim, que nunca tinha visto nada parecido com aquilo, que faz muito tempo que mora ali, é um senhor idoso, morou ali a vida inteira e nunca viu nada parecido, e então o Knut diz, com um quê de orgulho na voz, que era um pedestal de microfone, e então Knut pedala com força e eu vou atrás dele, e atrás de nós ouvimos o Svein de Leite perguntando que diabos queremos com um pedestal de microfone, vamos precisar dele para um negócio, grita o Knut de volta, e pedalamos o mais rápido que conseguimos, cochichando um para o outro que o Svein nos flagrou afinal de contas, talvez até tenha nos visto na casa de barcos dele, que droga, o Knut diz, e eu não digo nada, tenho certeza de que ele não nos viu, talvez não tenha reparado em nós, eu acho, e então eu e o Knut nos despedimos, combinamos de nos ver em breve, eu vou apressado para casa, a minha mãe não está brava comigo, diz que só ficou apreensiva porque eu não vim para casa logo depois da aula, ela nunca sabe direito, ela diz, eu engulo a comida, saio, pego o serrote que tinha largado na escada do porão, sento no banco do jardim para esperar, mexo as pernas agitado, balanço o serrote de um lado para o outro, espero e então avisto o Knut chegando, ele vem correndo pela rua, acena para mim, eu aceno de volta, me levanto, corro até a rua principal, encontro o Knut, nós sorrimos um para o outro, combinamos de serrar a haste, deixá-la de uma altura adequada, mas primeiro precisamos encontrar alguma coisa para servir de microfone, o Knut diz, e então decidimos ir até a praia, lá talvez possamos encontrar alguma coisa, e corremos até a praia, caminhamos, reviramos os seixos sobre a areia, encontramos pedaços de madeira arrastados pela maré, galhos, latas e garrafas de plástico vazias, estamos caminhando pela praia quando o Knut vem com a ideia de que talvez pudéssemos cantar uma canção, nós paramos, nos entreolhamos, ninguém se atreve a começar, então seguimos caminhando, mas deveríamos, sim, cantar uma canção, alguma canção nós tínhamos que saber, e depois me dei conta de que não sabia cantar nada exceto cantigas de ninar. Caminhamos sobre os seixos da praia. É começo de outono, o clima está ameno, o mar arrebenta suavemente na praia. As árvores têm o colorido da estação. Estão carregadas de frutos. Estamos na praia diante do sítio do Svein de Leite. Ele que zombou tanto de nós hoje. O Svein tem muitas frutas no sítio, e como tem. Várias pereiras, maçãs deliciosas. Uma maçã cairia muito bem agora, talvez uma pera. Uma pera seria ainda melhor, sim. Olhamos na direção do pomar. As árvores mais próximas são as pereiras. Uma pera cairia muito bem agora. Trocamos um rápido olhar e imediatamente nos decidimos. Subimos até a divisa entre a praia e o sítio e então nos agachamos e saímos em disparada, o mais rápido que conseguimos, subindo o costão rumo ao sítio do Svein de Leite, nos abaixamos e corremos até a árvore mais próxima, e então ficamos em pé, espiamos em volta, esticamos as mãos para o alto, pegamos cada um uma pera, primeiro uma, depois mais uma, enfiamos as peras no bolso da calça, quantas couberem, e depois nos agachamos novamente, abaixamos a cabeça, curvamos as costas, e com passos curtos e apressados voltamos para a praia. Cada um de nós encontra uma pedra para servir de assento, nos sentamos e começamos a mordiscar as peras. Uma pera, depois outra. Mastigamos as peras. Atiramos o miolo na praia. Ali, o Knut diz de repente. Preciso ver o que é aquilo, ele diz. Parece um microfone, ele diz, se levanta, e ainda mastigando a pera ele corre e apanha um pedaço de madeira marrom. Parece mesmo um microfone. Ele pega o pedaço de madeira, o empunha em frente à boca e diz algo como se estivesse falando inglês. O Knut passa a outra mão na franja, depois estica o pescoço para a frente, abre a boca, quase encosta o pedaço de madeira nos lábios, segura firme o pedaço de madeira com uma das mãos enquanto estende a outra no ar e começa a cantar. A plenos pulmões. O Knut está na praia, em frente ao sítio do Svein de Leite, cantando. O Knut está cantando em voz alta. Cantando num idioma que lembra o inglês. Eu digo para ele não cantar tão alto, senão o Svein pode aparecer, então o Knut se cala, senta na pedra, tira outra pera do bolso, dá uma mordida, e decidimos que chegou a hora de voltar para a casa de barcos, e vamos pela praia, ao embalo das ondas, as minhas passadas acompanham o ritmo das ondas, eu balanço o serrote de um lado para o outro, a maré está subindo, o nível do mar está bem mais alto do que quando chegamos, nós nos aproximamos da casa de barcos, os bolsos abarrotados de peras, subimos pela lateral da casa de barcos, entramos pela escotilha, primeiro eu, depois o Knut, e assim que chegamos lá dentro vamos logo até o barco de casco emborcado, ajoelhamos, pegamos o pedestal do microfone escondido lá embaixo, botamos ele de pé na nossa frente, decidimos o quanto vamos serrar, queremos que ele fique na altura dos nossos olhos, está decidido, e então começamos a serrar, demora um pouco mas vai, e assim que terminamos o Knut segurou o pedaço de madeira no alto do pedestal e parecia até de verdade, dava a impressão de ser de verdade, dava a impressão de ser real. Agora precisamos das guitarras também, eu digo, e o Knut concorda. Está escuro na casa de barcos, o ar está abafado. O Knut está diante do pedestal do microfone e eu fico olhando para ele. O Knut balança a cabeça e move os lábios. Mas nenhum som escapa da boca dele. Eu estou bem em frente, e também balanço a cabeça. Ficamos um tempo assim, mas então o Knut olha para mim, eu olho para ele e, sem que precisemos dizer nada, desviamos o olhar para a escada que leva ao sótão da casa de barcos, assentimos um para o outro, deixamos o pedestal do microfone ali e corremos até a escada, primeiro o Knut, depois eu, então observo o Knut subir e depois começo a subir. Chegamos no alto. Encontramos a nossa mesa, duas caixas de arenque empilhadas. Dois tocos de vela estão grudados às caixas de arenque. Uma caixa de fósforos foi esquecida ao lado deles. O Knut se aproxima e acende uma vela. Aqui em cima está até claro, a luz natural entra por uma claraboia no telhado. Então o Knut fica lívido, arregala os olhos para mim, leva o indicador aos lábios e faz psiu. Eu não mexo um músculo. Não foi nada, o Knut diz, mas eu tive a impressão de que ouvi alguma coisa, ele diz, e então o Knut se afasta e senta sobre uma das caixas de arenque, e eu pergunto se ele vai mesmo ficar em cima da mesa, não pode, eu digo, mas o Knut não responde, apenas olha fixamente para a frente, o semblante grave. Então eu vou até ele, sento ao lado do Knut, entre nós arde a chama de uma vela bruxuleante, e nós ficamos imóveis e em silêncio. Tivemos sorte hoje, eu digo. Um cara bem legal, o Knut diz. Acho que vamos conseguir fazer essa banda, eu digo, e o Knut concorda. Eu também acho, ele diz. Então começamos a tirar as peras do bolso, colocamos elas sobre a mesa, ao lado dos dois tocos de vela. Aliás, aqui devia ter um banco, eu digo. Estava pensando exatamente nisso, o Knut diz. Nós costumamos pensar igualzinho, eu digo. O Knut assente. E então, mais ou menos ao mesmo tempo, reparamos que lá embaixo tem um monte de redes de pesca velhas, e também sacas de farinha vazias, então fica evidente, não é nada complicado improvisar uns bancos com elas. Mas precisamos falar baixo, o Knut diz, ele tem certeza de que ouviu alguma coisa lá na rua. Talvez fosse o Svein, ele falou com a gente hoje, viu a gente caminhando pela praia, talvez tenha sido ele que o Knut ouviu na rua. Alguma coisa ele ouviu, o Knut diz. O Svein de Leite não usava a casa de barcos que lhe pertencia, mas e se de repente ele decidir usá-la, o Knut diz, e vier aqui, sim, nós já tínhamos feito nossos planos, e então decidimos fazer de conta que ele vinha, foi o Knut quem deu a ideia, e eu concordei, e assim, sem mais nem menos, nós levantamos, e o Knut rapidamente se escondeu num canto, lá onde havia um tonel vazio, e se escondeu dentro dele, e eu corri para o outro lado, onde estava uma caixa de arenque, bem no cantinho, e me espremi atrás dela, e ficamos os dois bem quietinhos, sem dizer nada. Achei tudo aquilo um pouco assustador, tive a impressão de ouvir passos subindo a escada. Depois de um tempo, ouvi a voz do Knut dizendo que ninguém iria aparecer, e respondi que não, pelo visto não, essa casa de barcos estava vazia, eu disse, e então saí do meu esconderijo, fiquei em pé e vi o Knut sair rastejando para fora do tonel onde estava, todo amarfanhado e coberto de pó, e o Knut olhou para mim, disse cara, como é escuro dentro desse tonel, e então ficamos os dois ali, parados, nos entreolhando, de novo eu percebo o Knut franzindo as sobrancelhas, imóvel, me encarando, mas em seguida ele apenas balança a cabeça de leve, e diz que não era nada, afinal, parece que hoje ele estava ouvindo coisas a todo instante, ele disse, e com isso nós começamos a andar sobre o assoalho e as tábuas rangiam a cada passada, fomos até a escada, descemos, primeiro o Knut, depois eu, e então espiamos pela escuridão lá fora, e então o Knut diz que esquecemos de apagar a vela, e eu concordo, mas o Knut diz que não tinha importância, nós já iríamos subir de novo, ele diz, e então o Knut vai e abre a escotilha, e um facho quadrado de luz devassa o ar empoeirado. O pedestal do microfone está bem no centro do facho de luz, e eu e o Knut nos entreolhamos, dizemos que o lugar é perfeito, cara, o Knut diz, e eu concordo meneando a cabeça. O pedestal do microfone está bem no centro do facho de luz. No chão, junto ao pedestal do microfone, está o serrote. Ao longo da parede estão empilhadas as caixas de arenque vazias. Um velho barco apodrece abandonado ao longo da outra parede. Farrapos de redes de pesca de algodão pendem do teto. Uma caixa cheia de garrafas vazias tinha sido esquecida rente à parede, perto do barco emborcado. O Knut fica onde está e olha em volta, e então diz que se quisermos mesmo fazer um banco, e é isso que vamos fazer, então precisamos arrancar pedaços das redes, um montão deles, e enfiar esses pedaços numa das sacas de farinha vazias. O Knut olha para mim e eu concordo, então começamos, sem perder mais tempo, a cortar as redes, rasgando e desfiando pedaços e amontoando todos no chão, e combinamos primeiro de fazer assim e só então levar os montes lá para cima, para depois repetir o processo, primeiro rasgar e depois transportar. Começamos a arrancar e desfiar, e os pedaços de rede vão se amontoando no chão, ao lado do pedestal do microfone, e o Knut diz que precisamos de mais um tantinho, então ele irá levá-los lá para cima, então o Knut pega uma braçada desses farrapos de rede de pesca e sobe a escada, enquanto isso eu continuo a arrancar, faz uma poeira danada, mas o monte no chão só aumenta de tamanho. No centro do facho de luz que vem da escotilha aberta está o pedestal do microfone. A poeira rebrilha na luz. Arranco mais alguns trapos, olho para o pedestal do microfone, e o Knut desce a escada dizendo que a vela apagou sozinha, muito estranho, ele diz, e o Knut se abaixa, pega mais um monte de farrapos de rede, vai na direção da escada, enquanto eu continuo a desfiar, de olho no pedestal do microfone, então o Knut desce novamente, para diante do pedestal do microfone, diz que cara legal, hein, parece um pedestal de microfone de verdade, ele diz, que cara bacana, então ele olha para o monte de rede desfiada junto aos meus pés, diz que agora já deve bastar, essa quantidade já é suficiente, diz justo essa palavra, suficiente, já deve ser suficiente para fazer um bom banco, então só precisamos levar uma saca de farinha vazia lá para cima, enfiar a rede dentro dela, o Knut diz, e olha para mim, eu concordo, para falar a verdade estou até cansado de ficar ali desfiando redes, então digo que já deve bastar, sim, e então o Knut apanha o monte de farrapos de rede, diz para eu levar a saca vazia, e então subimos novamente a escada, como sempre o Knut vai na frente, eu atrás, e então quando chego ali vejo um montão de farrapos de rede no chão, e digo que não foi pouca coisa que juntamos, e o Knut concorda, um montão mesmo, ele diz, vai ficar um banco e tanto, ele diz, apontando para o monte, e então eu ouço, agora eu ouço direitinho, sem a menor dúvida, tem alguém vindo lá fora, não tenho dúvida, eu olho para o Knut, ele olha para mim, nós ficamos completamente imóveis, olhando um nos olhos do outro, olhando para baixo, sem nos mexer, ambos escutamos passadas lá fora, passos firmes, e então escutamos alguém dizer, uma voz poderosa, é a voz do Svein de Leite dizendo como é que pode essa escotilha lateral ter ficado aberta, ele vai fechar a escotilha agora mesmo, sim, é o que diz a voz, e eu e o Knut nos entreolhamos, vejo que a expressão no rosto do Knut muda um pouco, ele contrai as mandíbulas, e então escuto os passos pela grama, ouço um pigarrear, então ouço o ranger da escotilha sendo fechada, o ruído do ferro raspando o ferro, é o gancho da escotilha, olho para o Knut, percebo que ele se esforça para manter a boca fechada, então ouço o Svein repetir para si mesmo que é muito estranho, ele não vem à casa de barcos há anos, nem lembra a última vez que pisou ali, a portinhola deve ter aberto sozinha, ele diz, e então ouço o Svein indo embora, olho para o Knut, os olhos dele estão a ponto de saltar das órbitas, um pouco marejados, ele olha para mim, não diz nada, então o Knut olha para baixo, bem para o chão, e então me dou conta de que preciso dizer alguma coisa, e sei o que vou dizer, olho para o Knut e digo, Knut, está tudo bem, podemos usar a outra porta, não tem problema, ela abre por dentro, sabe, tem uma tramela fechando, é só destravar e pronto. Knut, eu digo, é aquela porta dupla por onde passam os barcos, eu digo, e o Knut olha para cima, assente, bem pensado, ele diz, claro, ele diz, e então o Knut vai até a escada, desce, eu viro de costas, verifico se as velas estão apagadas, elas estão, e então também desço, digo para esperarmos um pouco, ele não é exatamente ágil, o Svein de Leite, e pode nos ver saindo da casa de barcos, eu digo, e vamos até o pedestal, ficamos atrás dele, alinhados atrás dele, acho que esse negócio de banda vai dar certo, e o Knut concorda, e então diz que eu não posso esquecer de levar o serrote para casa, eu apanho o serrote, vamos até a porta dupla, seguramos cada um numa extremidade da tramela que bloqueia a porta, suspendemos a tramela, como é pesada, levantamos ainda mais, até a altura dos ombros, a tramela cede um pouco, levantamos um pouco mais, a tramela cede mais um tanto, desliza para fora da tranca, nós a retiramos, abrimos a porta e somos banhados pela luz. Saímos. Decidimos abrir a escotilha lateral novamente, entrar e colocar a tramela de volta no lugar, travar a porta dupla e sair pela escotilha. Fazemos isso. Subimos pela rua principal e o Knut diz que precisa ir para casa, podemos conversar mais sobre a nossa banda na escola amanhã, já progredimos bastante, pelo menos é o que ele acha, o Knut diz, já arrumamos um pedestal de microfone decente e tudo mais, ele diz, poderemos ensaiar no Centro da Juventude também, no começo talvez fosse bom se ficássemos só na casa de barcos, ele diz, e eu digo que nos vemos amanhã então, ótimo, o Knut diz, amanhã podemos ir à casa de barcos de novo, eu digo, dar uma olhada no nosso pedestal de microfone, e no banco, esquecemos dele completamente, quando o Svein de Leite chegou, eu digo, sim, é mesmo, o Knut diz, vamos cuidar disso amanhã, o Knut diz, e tem também as peras que deixamos lá, eu digo, amanhã elas estarão ainda mais suculentas, mais maduras, eu digo, e então nos despedimos novamente, e o Knut segue seu caminho, pelo acostamento da estrada, e eu vou pelo caminho oposto, para a minha casa, e penso se vou esbarrar com o Svein, mas não o encontro. Acho que temos tudo para formar uma banda realmente boa. Estou indo para casa. Neste verão, reencontrei o Knut. Ele hoje é professor de música, casou, teve duas filhas. Foi assim que tudo começou. Comigo não aconteceu muita coisa, agora fico sentado aqui, noite após noite, e sinto medo, uma angústia tomou conta de mim. Não sei por que essa angústia me aflige. É por causa da angústia que estou escrevendo. Eu e o Knut, a gente se juntou para fazer uma banda de rock. Faz muito tempo. Neste verão, reencontrei o Knut. Foi quando a angústia tomou conta de mim. Eu decidi escrever, e agora fico aqui sentado escrevendo, dia após dia, noite após noite. Tenho mais de trinta anos, sem trabalho, sem estudo. Foi assim que tudo começou, com uma banda de rock, que começou a tocar em alguns bailes. Eu agora só fico sentado aqui. Tenho medo, minha mão esquerda dói, meus dedos doem. Neste verão, reencontrei o Knut. A mulher do Knut. Os olhos dela. A jaqueta jeans. Passo as noites confinado aqui, no sótão de uma antiga casa branca, lá embaixo tem a sala, a cozinha, um quarto, onde dorme a minha mãe, e aqui em cima, no sótão, é o meu lugar. Não saio mais de casa, por isso escrevo, não é por outro motivo. Não quero sentir essa dor na mão esquerda, nos dedos. Neste verão, reencontrei o Knut. Vejo o Knut dançando com uma garota com quem ele estudou. Fazia anos que eu não o via. Ele casou, teve duas filhas. É professor de música. Comigo nada aconteceu. O Knut foi embora, eu chamei por ele, mas ele simplesmente se foi. Eu fico aqui, só isso. A minha mãe caminhando lá embaixo. A minha vida que não deu em nada. Eu e o Knut decidimos formar uma banda. Num intervalo da escola decidimos isso. Conseguimos mais dois integrantes e pronto. Foi assim que tudo começou. Conseguimos os instrumentos e os equipamentos. O Knut simplesmente foi embora, ele me deu as costas e simplesmente se foi. Neste verão reencontrei o Knut.

OUÇO A MINHA MÃE CAMINHANDO lá embaixo. Ouço o som da televisão. Sento e escrevo. Não saio mais de casa. Estou angustiado e escrevo. A minha vida não deu em nada. E neste verão eu reencontrei o Knut, ele hoje é professor de música. A mulher do Knut. Levo uma vida muito sem graça, não tenho trabalho, não tenho renda, não tenho nada, para falar a verdade. Moro nesse fim de mundo, um povoadinho afastado de tudo. Faz tempo que eu vinha sentindo essa angústia e então comecei a escrever. Agora escrevo todos os dias. Foi neste verão, em pleno fiorde, lá estava eu pescando com a mulher do Knut e então essa angústia tomou conta de mim. Reencontrei o Knut, fazia muitos anos que não o via, e na mesma noite, no meio do fiorde, numa linda noite de verão, uma noite amena, a mulher do Knut foi pescar também, eu ouço um barco a motor se aproximando e lá está a mulher do Knut, ela desliga o motor, encosta o barco no meu, e então eu avisto o Knut em terra firme, pelo menos eu tenho a impressão de que era ele, mas talvez não fosse ele, talvez tenha sido só uma impressão minha, não sei. Seja como for, ele estava lá no pontal, e gritou para nós quando voltávamos para casa. Certeza. Está tarde, minha mãe já foi dormir, ela avisou que estava indo se recolher, que não era para eu ficar acordado até tarde, ela disse. Estou sentado aqui escrevendo. E neste verão reencontrei o Knut. No passado estávamos sempre juntos. Mas faz tanto tempo, bem uns dez anos. O Knut hoje é professor de música, casou, constituiu família. A mulher do Knut. Também na noite seguinte à pescaria eu encontrei a mulher dele. Foi totalmente por acaso. Tinha saído só para dar um passeio à noitinha, caminhar pela rua. Passei em frente à casa onde o Knut estava de férias com a família. As luzes da casa estavam todas acesas. Não costumavam estar, no inverno a mãe do Knut passa o tempo inteiro na cozinha, é uma casa antiga, difícil de manter aquecida, então ela fica lá, ou no quarto no outro extremo da casa. Agora a casa inteira estava iluminada. Era de noitinha e eu caminhava pela rua. Passei diante da casa onde o Knut está de férias com a família, era só uma caminhada, dei meia-volta e tomei o rumo de casa. Então avisto a mulher do Knut vindo na minha direção. Ela veste uma jaqueta jeans. Eu continuo pelo meu caminho. Ela me vê, sorri, levanta a mão. Nós nos cumprimentamos. Eu paro. Ela vem até o acostamento.

Obrigada por ontem, ela diz.

De nada, eu que agradeço, eu digo.

O bacalhau estava ótimo.

Imagino, eu digo.

Fazia tempo que não comia um peixe tão gostoso.

Verdade?

Você não gosta muito de peixe?

Não muito.

Mas de pescar você gosta, ela diz, e ri para mim, e fica parada no acostamento, sem saber o que dizer.

Você não está falando sério, ela diz.

Pescar é divertido, eu digo.

Ela ri. Fico ali parado sem saber bem o que dizer, não sei onde enfiar as mãos, para onde olhar.

Você vai ao fiorde hoje à noite?, ela pergunta.

Não sei, eu digo.

Deveria ir, ela diz, e novamente ri, parada no acostamento, ela ri. O corpo inteiro dela ri.

Talvez pudéssemos ir até lá, você e eu, ela diz.

Pode ser, eu digo.

Ele não gosta nem um pouco de pescar, o Knut.

Acho que ele nunca foi de pescar, eu digo.

Mas você pesca desde sempre?

Eu olho para ela.

Não pesca?, ela insiste.

Pelo menos no verão.

E mesmo assim não come peixe.

Não, não é por isso.

É estar perto do mar.

Eu faço que sim. Vejo um carro se aproximando, e me dou conta de que talvez seja burrice da minha parte ficar aqui, parado no acostamento, conversando com a mulher do Knut, e ela se admira que passem carros aqui, ela achava que esse povoado era tão remoto que nem trânsito haveria, mas passam carros por aqui o tempo inteiro, ela diz, parada ali no acostamento, ela e seus olhos, ela e sua jaqueta jeans, e ela sorri, está um pouco diferente de ontem, eu acho, quase como se não fosse a mesma pessoa, é a terceira vez que a vejo, e agora ela parece completamente diferente de quando a conheci, aqui, um pouco mais além na rua, bem em frente à casa de barcos onde eu e o Knut brincávamos quando éramos pequenos, onde ela me deu a mão, hesitante, estendeu a mão para mim dizendo que era uma pena que não gravamos um disco, a banda em que tocávamos, muito tempo atrás, e lá no fiorde ela também parecia diferente, difícil explicar exatamente por quê, e agora, mais uma vez, agora tem outra coisa, com ela ali parada no acostamento, baixinha, gorducha, de cabelos pretos, grossos, com esses olhos, ali parada no acostamento rindo, perguntando se não vamos pescar juntos, e não foi só um carro que se aproximou, vieram outros dois carros atrás dele, e nós aqui bem próximos um do outro no acostamento. Os carros passaram. Ela foi para o meio da estrada.

E o Knut, eu pergunto.

Ele está pondo as meninas para dormir, ela diz.

Eu meneio a cabeça.

Que tal ir lá em casa, dar um alô para o Knut.

Eu vacilo, não respondo, fazia tempo que eu não via o Knut, já não temos mais o que dizer um ao outro, nem conversamos direito agora, faz muito tempo, tantos anos já passaram, ele hoje é professor de música, casou, está aqui de férias, com as duas filhas, e eu apenas fiquei, não saí daqui, não fiz nada da vida, e a mulher do Knut, cá está ela, me pedindo para acompanhá-la até a casa, dar um alô para o Knut, como ela disse. O Knut. Eu fico parado ali na beira da estrada.

Você bem que poderia vir, ela diz.

Talvez, eu digo.

Você tem que vir, ela diz.

Você está indo para casa agora?, pergunto.

Estou.

Mas...

Saí só para tomar um ar, ela diz.

Então está bem.

O Knut vai ficar feliz, ela diz, e já começou a atravessar a estrada, caminhando alguns metros adiante, não é longe até chegarmos à rua que leva até a casa da família do Knut, nós atravessamos a rua principal, ela vai na frente, eu um pouco atrás, eu e o Knut sempre andávamos de bicicleta assim, ele primeiro, eu atrás, então ele fazia a curva na rua dele, virava o rosto, ficava em pé nos pedais e se despedia ou dizia que nos veríamos depois do almoço, nos encontraríamos na casa de barcos para ensaiar, nos veríamos, sempre nos víamos, e agora a mulher do Knut sobe a rua, rumo à casa da família do Knut, ela caminha um pouco à minha frente, é o começo de uma noite de verão, está claro, uma noite agradável, e eu acompanho a mulher do Knut, meio sem graça, tenho um pouco de receio de sentar na mesma sala onde está o Knut, não sei o que dizer, nunca soube o que dizer, não é agora que vou saber, cá estou eu caminhando atrás da mulher do Knut, um pouco atrás dela, vou atrás porque ela sabe que não tenho nada para dizer afinal, que apenas sigo pelo caminho, que direi sim, não, sim, talvez, ou não direi nada porque não tenho nada a dizer, não tenho nada para dizer, tenho sempre alguma sensação estranha, quase nunca penso sobre isso, nunca tenho nada para dizer, simplesmente não há nada para ser dito, apenas essa sensação estranha, que muda o tempo todo, e não há nada para dizer, e a mulher do Knut vai subindo os degraus da varanda, tantas vezes eu estive nessa varanda, perdi a conta das vezes que subi esses degraus, bati na porta, perguntei pelo Knut, perguntei se o Knut estava em casa quando a mãe ou o pai ou um dos irmãos abria a porta. Às vezes era o Knut que abria. Normalmente era ele. O Knut sabia quando eu chegava. Nós havíamos combinado, mais cedo ou na véspera. Ele abria a porta e ficava lá. E então acontecia alguma coisa. Do nada. Sem motivo algum. Sempre havia alguma coisa a ser dita. Sempre tínhamos algum assunto. A mulher do Knut abriu a porta e entrou, a porta fica aberta, eu a acompanho, no corredor eu me agacho e tiro os sapatos, e uma das filhas do Knut vem correndo pela escada abaixo, gritando oi mamãe, você já chegou, achamos que você tinha ido embora, e é meio estranho o jeito como a garota fala, como se sentisse medo ou tivesse sentido esse medo, talvez não seja isso, de todo modo a menina fica parada ao lado da mãe enquanto eu tiro os sapatos e avanço pelo corredor.

Olhe quem veio comigo, ela diz à menina.

Esse aí nós encontramos ontem, a menina diz.

A outra que conheci ontem, a caçula, também desce a escada, com dificuldade, sem soltar o corrimão, desce cuidadosamente degrau por degrau. Fico parado no corredor da casa da família do Knut, e não sei o que fazer, não sei onde enfiar os braços, as mãos, fico apenas ali parado. E então ouço a mulher do Knut gritando Knut, e ele responde, e a voz dele vem lá de cima, ele diz o que foi agora, não posso ter um pouco de paz, e então ela diz para ele descer, que chegou visita, e depois de um instante eu vejo o Knut descendo as escadas, os cabelos desgrenhados, como se tivesse acabado de acordar, calçando umas pantufas gastas. Quando me vê, ali parado no corredor, sem sapatos, mas ainda vestindo o casaco, ele sorri, pisca um pouco os olhos, e enfia a camisa dentro das calças.

Bom ver você por aqui, ele diz.

Eu não saio do lugar.

Cruzei com ele no caminho, ela diz virando-se na direção do Knut.

Eu torço o nariz tentando sorrir.

Ela sabe muito bem o que quer, essa aí, o Knut diz, dirigindo-se a mim, enquanto faz um gesto com a cabeça na direção da esposa. Eu fico ali, e a mulher do Knut me pergunta se não quero tirar o casaco, eu faço que sim com a cabeça, tiro o casaco, ela vem com um cabide, pega o meu casaco e eu sinto, ali mesmo do corredor, o velho cheiro que sempre sentia na casa da família do Knut, esse cheiro permanece lá, um cheiro único, nenhuma outra casa cheira como a casa da família do Knut, se bem que toda casa adquire um cheiro próprio depois que as pessoas moram nela por um tempo, então a casa da família do Knut tinha esse cheiro, esse mesmo cheiro que eu senti quase todos os dias durante anos, e agora já fazia uns dez anos que eu não via o Knut e uns quinze que eu não frequentava mais essa casa, desde que o Knut se mudou para a residência estudantil, quando começou a cursar o ensino médio, foi que eu deixei de frequentar essa casa, claro que nós convivíamos aqui, ensaiávamos, naquele tempo tínhamos a nossa banda, mas então parei de vir à sua casa, e agora, pela primeira vez, pela primeira vez em quinze anos, com certeza, cá estou eu no corredor da casa da família do Knut, e o Knut está parado no primeiro degrau da escada, na escada que leva ao sótão, na escada do sótão onde ficava o quarto do Knut, eu vejo que o Knut está na escada e tenho a impressão de que ele também está muito diferente de ontem, acho que tudo mudou, é como se o Knut fosse uma pessoa quando esbarrei com ele na rua, quando o vi dobrando a esquina, quando o reencontrei totalmente por acaso depois de todos esses anos, e a pessoa que estava lá naquele pontal fosse alguém totalmente diferente, quando a mulher dele disse que foi grosseiro o comentário que ele fez sobre mim, não consigo nem me lembrar o que era, e agora ele está ali, parado no degrau, e é quase como nos velhos tempos, e ele me pede para entrar, para vir até a sala de estar, e vai na frente, depois a mulher, e eu fico parado um momento, as duas meninas ficam paradas me encarando, um pouco por timidez, quem sabe, olhando para mim, entreolhando-se, e eu acho que o semblante delas parece um pouco assustado. Eu fico parado no corredor.

Vamos entrar, o Knut diz.

Fazia muito tempo que eu não vinha aqui, eu digo.

Uns dez ou quinze anos, o Knut diz.

Vocês não vêm, pergunta a mulher do Knut lá da sala de estar.

Ele já está indo, o Knut diz, e fala em direção à sala, dirigindo-se à mulher, e novamente eu percebo uma coisa estranha na voz dele, uma coisa que não estava ali antes, pois o Knut disse para a mulher que eu já estava indo, e não compreendo exatamente o que ele quis dizer com isso, e fico parado no corredor, e então a porta da cozinha se abre e de lá surge a mãe do Knut enfiando a cabeça pela fresta, depois a porta se abre inteira e a mãe do Knut surge pelo vão da porta da cozinha, batendo as mãos admirada. Ela bate as mãos e sorri, e diz, mas olhe só, não pode ser, mas sim, é claro que é ele, ela diz, esticando-se na ponta dos pés ali no vão da porta da cozinha, e diz que faz tanto tempo, faz muito tempo que não me vê ali naquela casa, veja só, ela diz, naquele tempo o Knut ainda era um garotinho, ela diz. É para vir para a sala também, mãe, grita o Knut da sala, a mãe também tem que ir para a sala. E da porta da cozinha a mãe dá uma piscadela para mim, faz uma careta repuxando o canto da boca e me diz para ir para a sala. Eu vou, atravesso o corredor, entro na sala, olho em volta e tudo está como antes. Vejo o Knut sentado numa cadeira diante da janela, com o cotovelo apoiado no peitoril. O cabelo do Knut está desgrenhado. Ele olha pela janela. A mulher está sentada no sofá, no meio do sofá. Na sala da casa da família do Knut tudo está como eu me lembro. Os mesmos quadros nas paredes, um retrato dos pais do Knut, o baú pintado com motivos florais, a mesa de jantar, o pesado aparador de madeira maciça, todo entalhado, e eles, os entalhes, foram feitos pelo avô do Knut, foi ele quem fez tanto o aparador quanto a mesa, disso eu me lembro bem, não sei quem me contou, mas deve ter sido a mãe do Knut, e tem também o sofá, coberto com a manta, a manta vermelha e laranja, e as poltronas, o rádio, o rádio grande e antigo. Ouço o Knut dizer que pelo jeito estou reconhecendo a velha casa, e eu digo que sim, nada mudou aqui, eu digo, tudo está como antes, e o Knut diz que ela é assim, a mãe dele, não há o que fazer, ela prefere que as coisas fiquem do jeito que sempre foram, não quer mudar nada.

É aconchegante aqui, a mulher do Knut diz.

Ela olha para mim e não sei o que dizer.

Mas vamos sentar, o Knut diz.

Eu sento na poltrona que está livre, ela fica ao lado de uma mesinha redonda, quase no centro da sala. Ao longo da parede à esquerda fica o sofá, onde está sentada a mulher do Knut, e à minha frente, sentado numa cadeira rente à janela, está o Knut. Eu sento e agora preciso dizer alguma coisa, não posso simplesmente ficar aqui calado, que coisa, que estupidez a minha sair para caminhar pela estrada, me deixar ser arrastado até aqui, faz tanto tempo, faz tanto tempo que eu e o Knut não nos vemos, não temos mais nada a dizer um ao outro, e o Knut tinha receio de me encontrar, mas ele e a família tinham que passar as férias em algum lugar, e aqui, no povoado, é bom e barato veranear, não custa tanto, é seguro para as meninas, o único senão é ter que esbarrar nos velhos conhecidos, pessoas com quem ele convivia e agora não tem mais nada em comum, gente que apagou da memória, que é melhor ter apenas como lembrança da infância, e é assim, exatamente assim, que eu me sinto agora. É assim que são as coisas. Não tenho nada a dizer. Apenas fico sentado aqui.

Você é feliz aqui, pergunta o Knut.

Não é tão ruim assim.

Não é chato?

Sempre morei aqui, sabe.

E mesmo assim não acha chato?, pergunta a mulher do Knut.

De vez em quando.

Você mantém contato com alguém?, pergunta o Knut.

De vez em quando, eu digo.

Com quem?

Acho que só com o Torkjell, o professor, eu toco com ele.

Sim, você mencionou, o Knut diz, e, de novo, não consigo entender, talvez eu tenha mencionado, não lembro se mencionei, talvez ontem, na rua, quando encontrei o Knut e a família pela primeira vez, talvez eu tenha mencionado, não sei, e então a mulher diz ao Knut que gostaria de nos ver tocando, não era agora no sábado, é justo amanhã, não é, ela diz, e eu confirmo, não sei por que o Knut precisa dizer que eu já mencionei, e a mulher dele dizer que gostaria de nos ver tocando, que queria muito ir ao baile, e o Knut não diz nada, só vira o rosto de lado, e eu aqui sentado nessa poltrona, e então gritos e gargalhadas ecoam pelo corredor, e o Knut levanta num salto, corre até o corredor, o silêncio volta, e o Knut então vem para a sala de estar, fica parado no vão da porta, diz que alguém tem que botar essas meninas na cama, e a mulher dele diz que quando ele põe as meninas para dormir elas ficam acesas a noite inteira, ele é quem cai no sono, e o Knut diz que é a vez dela de levar as crianças para a cama, de todo modo hoje à noite é a vez dela, ele diz, e a mulher do Knut levanta, sorri para mim, encolhe os ombros resignada, nem se preocupa em olhar na direção do Knut, sai pela porta, dá meia-volta e diz para nos divertirmos, ela vai pôr as meninas para dormir, afinal é a vez dela, ela vai levar as meninas para a cama, ela diz, e o Knut se levanta, vai até o outro lado da sala e fecha a porta. O Knut volta e senta no sofá.

É sempre assim, ele diz.

Fazia muito tempo que a gente não conversava, eu digo.

O tempo passa rápido.

Incrível. Mas então agora você tem uma família.

Está vendo como é.

Pois é, eu digo, e ficamos em silêncio, ficamos em silêncio por muito tempo, ninguém diz nada, tudo fica em silêncio, até a casa emudece, ficamos sentados calados, e eu espio através da vidraça, olho para a rua principal, admiro a vista do fiorde, levanto, vou até a janela, olho lá embaixo, na direção do fiorde, contemplo a baía no interior do fiorde, onde eu moro, logo além da baía, numa casa branca, vejo os barcos ancorados ali, barcos a remo, barcos de madeira, um ou outro barco de plástico, os barcos têm motor, eu fico parado diante da vidraça, contemplando a baía diante da casa da família do Knut, do outro lado da rua onde há um único barco, o mesmo que a mulher do Knut usou ontem, é o barco do vizinho, ela deve ter pedido emprestado, imagino. O Knut está sentado no sofá, levanta, vem até mim e espia pela vidraça.

É bonito aqui, o Knut diz.

Nós dois ficamos admirando a vista.

Você costuma pescar?, pergunta o Knut, e percebo algo na voz dele, alguma coisa, não sei bem o quê, ouço algo estranho na voz dele, tem algo estranho ali, e digo que depende, não é tão frequente, mas acontece de eu pescar, acho o fiorde muito bonito, especialmente no verão, é quando eu pesco, nunca nas outras estações, só no verão, mas não é só a pescaria em si, não sei exatamente o que é, mas eu gosto, me sinto bem no mar, e o Knut diz que ele nunca foi disso, desde criança jamais gostou do mar, não sabe bem por quê, sempre foi assim, e nós ficamos ali, ficamos na sala de estar da casa da família do Knut, a mulher do Knut foi pôr as filhas para dormir, duas meninas pequenas, e eu e o Knut ficamos na sala, parados diante da janela que dá para a rua principal, o silêncio impera na casa, e o Knut diz que tem bastante bebida na despensa, ali não falta álcool, não, e o Knut diz que podíamos curtir um pouco, nada nos impede. Seria ótimo, eu digo, e então o Knut vai buscar uma garrafa de uísque, vai buscar gelo, água, copos e serve a bebida para nós, sentamos bem diante da janela, ele senta na cadeira que sempre ficou em frente à janela da sala, eu vou para a poltrona perto da janela, entre nós, no chão, está o balde com água e cubos de gelo, uma garrafa de uísque, e sentamos sem dizer uma só palavra, apenas olhando pela janela. Contemplando o fiorde. Bebendo uísque.

Lá fora cai a noite, e o Knut acende uma vela na sala. Pergunto ao Knut se a mulher dele já foi dormir, e ele diz que provavelmente não, fazer as meninas pegar no sono é meio demorado, agora no verão elas se acostumaram a ficar acordadas até mais tarde. Ela já deve estar descendo, ele diz. Então o Knut me pergunta como vão as coisas e eu respondo que não estão tão mal.

Mas você não tem uma companheira, ele diz.

Na verdade, não.

Pois então está na hora de ter.

Eu não respondo, acho que percebi algo naquele tom de voz, não sei o que é, mas noto uma coisa estranha na voz dele.

Ela gosta de pescar também, a patroa, ele diz.

Sim, eu digo.

Vocês dois podiam combinar de pescar no fiorde, ele diz.

Você devia vir junto.

Não dou a mínima para pescaria.

Mas é bonito lá no fiorde, é muito agradável.

Nunca me importei com isso. E você também não gosta de viajar, minha mulher me disse...

É verdade, eu acho meio ruim viajar.

Mas de pescar você gosta...

É, gosto.

Então é isso.

Tem tocado alguma coisa?, eu pergunto.

Um pouco. Sou professor de música, leciono um pouco das outras disciplinas, não costumo tocar nada em especial.

Eu também tenho tocado pouco.

Só música folclórica agora.

Basicamente só isso, ganho até um dinheirinho tocando.

Você não trabalha?

Eu balanço a cabeça.

Nunca teve um emprego?

Nada fixo, quer dizer, até tive, mas não durou muito. Acabei largando.

E por quê?

Não sei. Foi assim e pronto.

Você não gosta de trabalhar?

Não...

De jeito nenhum?

Não de um emprego fixo.

Nem estudar que seja, você simplesmente não faz nada?

Isso...

Nada?

Eu leio muito, mas...

Lê muito?

Eu assinto, e o Knut serve uísque para mim, se serve em seguida, e escuto passos na escada.

Lá vem ela, o Knut diz.

Vocês estão casados há quantos anos?, eu pergunto.

O Knut responde que não faz tanto tempo assim, primeiro eles moraram juntos, só depois que a caçula nasceu é que casaram, e eu percebo que o Knut começou a ficar agitado, beber mais, esvazia o copo num só gole, serve mais uma dose, repara que o meu copo ainda está quase cheio, e a mulher dele entra na sala, diz ora vejam só, os rapazes estão aqui bebendo um uisquinho, finalmente as meninas pegaram no sono, ela diz, acho que uma taça de vinho cairia bem agora, ela diz, não gosto de uísque, prefiro tomar um vinho, e então o Knut diz que a adega está bem abastecida de vinho, e ela diz que sim, ela sabe, e que vai buscar uma garrafa de vinho, ela diz, e Knut se serve de mais uma dose e bebe.

Vamos, beba, ele diz.

Eu não tenho o costume de beber, eu digo.

Não, acho que você não tem é companhia para beber.

Além do mais, a loja de bebidas fica longe daqui.

Você vai à cidade com frequência?

Raramente.

Prefere ficar em casa.

Eu assinto, e a mulher do Knut volta para a sala trazendo uma garrafa de vinho e um copo de água, não tem taças aqui, ela diz, só esses copos comuns, mas hoje tudo bem beber nesses copos, pelo menos o vinho é bom, ela diz, e então senta no sofá, abre bem as pernas, põe a garrafa de vinho no chão, no meio das pernas, enfia o saca-rolhas, puxa, faz força, e eu e o Knut continuamos sentados olhando, e o Knut pergunta se pode ajudar, e ela diz não, isso é novidade, não é sempre que ele se oferece para ajudar, ela não está interessada em ajuda, consegue abrir uma garrafa sozinha, ela diz, e o Knut diz que então muito bem, por ele tanto faz, se ela não quer ajuda, para ele dá no mesmo. Não sei o que dizer. Bebo o uísque. Olho para ela, sentada no sofá, de pernas bem abertas, com uma garrafa de vinho no chão, tentando puxar o saca-rolhas. Eu levanto, vou até ela, pego o saca-rolhas e a garrafa, prendo a garrafa no meio das coxas e puxo a rolha. Ponho a garrafa aberta na mesinha de centro e volto para o meu lugar, sento na poltrona diante da janela.

Como você é gentil, o Knut diz.

Está vendo, diz a mulher dele.

Pois é, eu vi, o Knut diz.

Eu bebo o uísque.

Por que você fez isso?, pergunta o Knut.

Por nada, eu digo.

Porque você gosta da minha mulher, ele diz.

Sim, talvez, eu digo.

Está ouvindo, mulher, ele gosta de você, o Knut diz, virando-se para ela.

Já você não gosta, ela diz.

Acho que você gosta dele também, o Knut diz, e bebe mais uma dose, se serve de outra e a mim também.

É claro que eu gosto dele, ela diz.

Percebi muito bem ontem, ele diz. Tentando seduzir ele, lá na ilhota.

Bem que eu imaginei. Você não consegue pensar noutra coisa.

No quê?

A não ser em homens querendo me foder.

Agora chega.

Isso, chega, ela diz, e levanta, segura o copo, caminha pela sala, faz uma pausa, diz vamos ouvir um pouco de música, essa conversa aqui é um porre, não tem nada a ver, se repete toda noite, ela diz, não leva a lugar nenhum, ela diz, e fica ali no meio da sala, segurando o copo diante do corpo, e o Knut olha para ela, depois vira o rosto, ele olha pela janela, eu olho pela janela, e lá fora escureceu, não está completamente escuro, mas as noites estão começando a ficar bem mais escuras, e eu jamais deveria ter vindo até aqui, não sei por que ela insistiu, talvez tenha sido só para irritar o Knut, porque ela sabia que ele não queria me encontrar, nem os outros amigos da infância, por isso ela me convidou, não imagino outra razão para ter convidado, e o Knut está ali sentado, olhando pela janela, e ela de pé no meio da sala, bebendo vinho, nós dois sentados bebendo uísque, e eu tenho que ir, mas é difícil me desvencilhar, não é fácil dizer que preciso ir, talvez eu devesse ficar um pouco mais, eu estava só dando uma volta pela estrada, e ela, deve ter sido isso, ela me viu caminhando e então veio atrás de mim, querendo me pegar, querendo pôr as mãos em mim, e ontem, no fiorde, quando ela me viu e fez uma curva na baía lá diante da casa da família do Knut, e ela me viu indo na direção da ilhota e veio atrás de mim, me descobriu ali, e então se eu não consegui enxergar outra coisa além dos olhos dela foi porque ela não queria que eu enxergasse mais nada, talvez ela tenha dito isso ao Knut, dito o seu amigo está ali pescando, queria trocar uma ideia com ele, e então ela foi até o vizinho e pediu emprestado o barco deles, perguntou se tudo bem pegar o barco emprestado, que ela era a mulher do Knut, estava de férias aqui, pela primeira vez, na verdade, com as duas filhas que ela tem com o Knut, deve ter sido assim, e estou sentado na sala de estar da família do Knut, a mulher dele continua parada no meio da sala, não pôs música nenhuma para tocar, só disse que poria uma música, mas não pôs, apenas ficou ali, segurando seu copo de vinho, e o Knut serve mais uma dose de uísque, e eu digo que acho que preciso ir andando, está ficando tarde, e o Knut olha para mim e me diz para ficar mais um pouquinho, e ela me pede para não ir, ou vai ter que ficar sozinha com o Knut, eles quase sempre estão sozinhos, eu não tenho que ir, ela diz, tenho que ficar mais um pouco, para que essa pressa, o Knut diz, eu não vou trabalhar amanhã mesmo, posso muito bem me demorar mais um pouco, não tenho motivo para ter pressa, tem mulher e bebida aqui, ele diz, e eu quero me levantar, ir embora, chegar em casa, já faz muito tempo, não restou mais nada, tudo já passou, preciso me apressar, levantar e ir para casa e o Knut se serve de mais uísque, mistura com água e gelo, faz menção de me servir, eu ponho a mão espalmada sobre o copo algumas vezes, ele devolve a garrafa de uísque ao chão, e eu me levanto, entorno o copo num só gole, digo que preciso ir para casa, fico parado um instante, e a mulher do Knut se aproxima e põe os braços em volta da minha cintura, me abraça e diz que eu não tenho que ir, eu posso ficar com ela, ela diz, eu que sou tão bonito e gostoso, ela diz, e então dá uma risadinha, eu fico parado, ela me agarra, eu tento me soltar, ela passa o braço em volta das minhas costas, eu sinto o braço dela em contato com minha pele, ela corre os dedos na lateral do meu tronco, a ponta dos dedos, e então envolve o outro braço na minha barriga, me sorri um sorriso torto, e eu vejo os olhos escuros dela, o cabelo preto, e sinto o calor dela no meu corpo, e ela se inclina na minha direção, eu sinto o calor dela, e olho para o Knut, sentado de costas para nós, o olhar perdido na janela, o copo de uísque apoiado no peitoril, e ela num relance me dá um beijo úmido no rosto, e o Knut se vira, nossos olhares se cruzam e ele balança levemente a cabeça. Ele diz que ela é assim mesmo, a mulher dele é assim. Se ao menos estivesse bêbada, mas está completamente sóbria, e então fica ali, em plena sala, bem diante dele, beijando e acariciando um homem que acabou de conhecer. Ele sorri. O Knut está sentado na sua cadeira e sorri. Ela me solta, se afasta e senta na poltrona, ao lado do Knut, e eu digo que acho melhor ir andando. Ninguém diz nada e eu vou para o corredor, visto o casaco, calço os sapatos. Ouço o Knut perguntando por que ela nunca aprende, o que ela quer na verdade, ele pergunta, qual é a dela, ele não entende, e ela só repete o que ele disse, qual é a dela, não aprende nunca, e eu volto para a sala, paro no vão da porta, fico ali, digo que já estou indo, amanhã tem a festa do povoado, então se quiserem ouvir música folclórica de verdade é só aparecer. Eu vou embora. Voltei para casa, passei diante da casa de barcos e não quis nem olhar para ela. Eu voltei para casa, a angústia era grande. Mal passei pela porta e a angústia veio, e foi bem mais forte que na noite anterior, porque quando eu estava na sala de estar da casa da família do Knut nem me dei conta da angústia, mas ela se manifestou assim que atravessei aquele corredor, e eu achei que tinha que chegar em casa. Só queria ir embora. Não queria mais ver ninguém pela frente. Não queria que ninguém me visse mais. Queria me esconder, sumir. Estava com medo. Vim ligeiro para casa, subi para o meu sótão, angustiado, com medo, achando que alguma coisa ruim estava para acontecer. Por isso fiquei angustiado, pensei, algo terrível e inevitável estava para acontecer. Voltei para casa e passei a noite de sábado sentindo esse mal-estar, justo quando tinha que tocar num baile com o Torkjell. Festa do povoado no Centro da Juventude. Música: Duo Torkjell. Vim direto para casa, passei a chave na porta, me certifiquei de que estava trancada. Fui deitar mas não consegui conciliar o sono, minha mão esquerda começou a doer, meus dedos. Fiquei ali deitado por horas, a ansiedade me atormentando, e não consegui dormir, mesmo tendo bebido muito uísque não consegui dormir, fiquei só deitado na cama, me revirando de um lado para o outro, acendi a luz, tentei ler mas não consegui, apaguei a luz, me contorci, rolei de um lado para o outro da cama, fiquei deitado assim. Faz muito tempo que a angústia tomou conta de mim. Estou sentado aqui escrevendo, e escrevo porque quero me livrar da angústia, escrever ajuda. Uma angústia tomou conta de mim. Não sei o que é, mas a angústia tomou conta de mim. Neste verão eu reencontrei o Knut, não nos víamos fazia uns dez anos, e então o Knut veio caminhando na minha direção. Eu e o Knut estávamos sempre juntos, tocávamos numa banda juntos. A minha mãe. Estou sentado aqui escrevendo e a minha mãe fica andando lá embaixo. O som dos passos dela. A minha mãe não é tão velha. Já escrevi um bocado agora, a pilha de papéis está aumentando. Não saio mais de casa, não toco mais guitarra. Preciso parar de escrever tanto, a minha mãe diz. Não escuto mais meus discos. Sento aqui e escrevo. Dói a mão esquerda, os dedos doem. A mulher do Knut. A capa de chuva amarela. A jaqueta jeans dela. Os olhos. Reencontrei o Knut neste verão. O Knut foi embora. Não saio mais de casa.

SENTO AQUI E ESCREVO. Escrevo para um leitor. Não saio mais de casa, e aqui é solitário. Antes até ia à cooperativa fazer compras, agora não saio mais de casa. Antes também costumava fazer bicos, colher frutas, trabalhar na cooperativa, limpar o armazém de lá, essas coisas. Além disso, trabalhava como músico. Agora não saio mais de casa. Não quero mais tocar com o Torkjell. Não tocamos mais juntos desde a festa do povoado neste verão. Eu e o Knut. A mulher do Knut. Neste verão reencontrei o Knut, e foi aí que a angústia tomou conta de mim. Sento aqui e escrevo. A minha mãe caminha lá embaixo. Isso não está certo, ela diz. A minha mãe. Ela não é tão velha. A mulher do Knut. Uma capa de chuva amarela. A jaqueta jeans. Os olhos dela. A minha mãe caminha lá embaixo e daqui de cima consigo ouvir o som da televisão. Eu e o Knut estávamos sempre juntos. Não sei, não. Vejo o Knut dançando com uma garota da sala. A pilha de folhas está grande agora. Sento aqui e escrevo. Escrever afasta a mente dessa angústia. Eu gosto de escrever, escrever me deixa feliz. A minha mãe anda pela casa inteira. Eu sento e escrevo. Na verdade, não é tão ruim assim. Eu moro aqui com a minha mãe. Nunca morei noutro lugar. Ouço a minha mãe caminhando lá embaixo. O som da televisão. A minha mãe não é tão velha, ela acaricia meus cabelos. Neste verão reencontrei o Knut. Foi aí que a angústia tomou conta de mim, porque nada mais é como era, tudo mudou. Eu e o Knut estávamos sempre juntos. Hoje o Knut está casado, tem duas filhas. Eu e o Knut passamos a infância juntos, crescemos juntos. Eu vi o Knut atravessar a rua, chamei por ele. Ele não respondeu, apenas se foi. Neste verão eu reencontrei o Knut, ele e a mulher estiveram na festa do povoado. O Knut dançou com uma antiga colega de sala. Eu e o Knut, durante todos os anos, estivemos juntos, nós íamos à matinê do Centro da Juventude, e quando a matinê chegava ao fim, depois que tínhamos bebido nosso chocolate com bolo e cantado cantigas folclóricas, quando ficávamos sozinhos, depois que terminavam as matinês do Centro da Juventude, quando saíamos correndo pelo salão do Centro da Juventude, quando nós, quando eu e o Knut e os outros meninos tínhamos feito tudo que tínhamos ido fazer ali, nós que afinal tínhamos ido à matinê do Centro da Juventude, quando as atividades todas chegavam ao fim, quando podíamos sair correndo pelo corredor daquele salão enorme, quando não havia mais canções folclóricas para dançar, quando nós saíamos em disparada pelo corredor, nós nos deitávamos no chão, e então os outros vinham correndo, então as meninas chegavam, então justo essa menina chegava. Quando ela chegava. Quando surgia naqueles intervalos, quando a víamos em todos aqueles intervalos, ela vinha com aquele cabelo comprido, com os peitinhos salientes atrás da blusa, vinha correndo pelo corredor, e você sabia que jamais ousaria falar com ela, você que fazia tanta algazarra ali naquele corredor, brincando com o Knut ou com algum dos seus amigos, na hora que ela chegava você ficava quieto, você sossegava as pernas, você fazia uma pausa na brincadeira, parava de falar bobagem, de gritar, você ficava quietinho, meio sem jeito, você levantava do chão, e de repente já não sabia mais o que fazer, o coração parecia que ia saltar pela boca, porque agora ela estava ali, ela estava perto de você, com aquele cabelo, aquele corpinho, ela estava a poucos metros de você, bem pertinho de você, e você não conseguia falar com ela, ainda que dois dias antes ela tivesse falado com você, ainda que uma das amigas dela tivesse procurado você para dizer que ela estava mandando um oi, logo ela, logo ela, a do cabelo comprido. Quando ela estava ali, parada, de pé conversando com uma das outras meninas, ali na penumbra da cantina do Centro da Juventude, no meio das outras meninas que frequentavam a matinê, e todas frequentavam, quase todas as crianças do povoado vinham para as matinês, quando ela estava ali, com aqueles peitos de mocinha, com aquele cabelo comprido, sorrindo para as amigas, e você lá, sozinho enquanto os outros conversavam em voz alta, então você sentia uma tristeza crescendo dentro do peito. Foi quando tudo começou. Foi quando alguma coisa aconteceu. Talvez tenha sido aí que a música veio até você. Naquele instante e naquele lugar, e desde então você não conseguiu mais escapar dela. E depois, depois que as matinês do Centro da Juventude chegavam ao fim, você tinha que voltar para casa. Todos tinham que voltar para casa, mas ninguém ia embora. Nós íamos era passear, isso sim. Um monte de meninos e meninas andando pelo meio da rua, longe de onde alguns moravam, perto de onde outros moravam. Era outono, estava escuro e nós caminhávamos por uma ruazinha estreita, debaixo de chuva e vento. Nós seguíamos por essa rua, estava escuro e podíamos ouvir o ruído do fiorde. O mar ali o tempo todo. As ondas. Nós íamos por essa rua, eu, o Knut, vários outros, e ela. Ela e o Knut iam conversando. Eu ia conversando com outra garota, uma garota completamente diferente, uma garota bem diferente, uma garota da minha sala, nós nos conhecíamos, éramos mais próximos, mas a outra não me saía da cabeça, lá ia ela, caminhando alguns metros na minha frente, com aquele cabelo, com aqueles peitinhos sob a jaqueta, lá ia ela conversando com o Knut. Eu ia ao lado de outra garota, e era talvez essa garota que o Knut queria namorar. E nós de conversa fiada. Na minha frente ia ela, e o Knut passou o braço nos ombros dela, ela passou o braço em volta do Knut. Eu ia atrás do Knut e dela, com uma garota da minha sala, e pus o braço em volta dos ombros dela, e ela se chegou em mim. Nós de conversa fiada. Uma turma inteira caminhando pela rua, nos conhecíamos desde a escola primária, alguns já estavam na segunda metade do ensino fundamental. Era outono, estava escuro. Chuva. O marulho do fiorde. As ondas. Nós caminhando pela ruazinha. Paramos ali mesmo, diante da casa de barcos, e o Knut diz que podíamos entrar, ninguém diz nada, e o Knut vai primeiro, nós vamos atrás, entramos na casa de barcos pela escotilha lateral, e eu subo a escada, vou para o sótão buscar uma vela, e então alguém diz, alguém que tomou coragem, diz que poderíamos brincar de salada mista, ninguém diz nada, e todos querem, e então alguém toma a frente, organiza tudo, quem começa fica num canto, os outros fazem um semicírculo em volta, no chão de terra da casa de barcos a vela está acesa, esse que tomou coragem diz quem vai começar a brincadeira, quem está na berlinda precisa dizer o que quer, um abraço, um beijo no rosto ou um beijo na boca, e então fazemos uni-duni-tê entre nós no semicírculo para saber quem vai dizer se quer pera, uva ou maçã, primeiro é só pera, um abraço apenas, meio desengonçado, meninos e meninas se abraçando, numa antiga casa de barcos, abrigados da chuva, de tardezinha, no outono, e o fiorde se faz ouvir. As ondas. Alguém se atreve a dizer uva, e então fica ali, um pouco ansioso, um pouco destemido, e dá um beijo no rosto de quem escolheu. Beijos rápidos, beijos mais demorados. Os outros desviam o rosto, olham para o lado, para baixo, mal veem quem está beijando e sendo beijado. O tempo passa, a gente se sente mais à vontade com a brincadeira, sente mais segurança, confiança. A chuva aumenta, o vento sopra mais forte, e a arrebentação das ondas na praia é mais audível. A noite fica mais escura. Arriscamos ficar mais perto uns dos outros. Dizemos maçã, e quando quem falou descobre quem vai beijar, e quando quem vai beijar desponta na escuridão, no meio do semicírculo, e se aproxima de quem vai ser beijado, ninguém olha na direção dos dois, nesse instante ficamos olhando para o chão. Então só o breu e a chuva envolvem esses dois, os outros desaparecem na solidão muda de cada um, e ao redor dessa solidão há um grupo inteiro em silêncio, sim, um grupo em que ninguém diz nada, mas ali estamos próximos uns dos outros, ninguém sabe ao certo quem é quem, mas ali estamos todos, e então chegou a vez dela, e eu reparo nos olhos dela na escuridão, consigo até enxergar o cabelo comprido dela, ela disse maçã, e eu desejo com todo o meu ser que não seja eu o escolhido, tem que ser o Knut, porque é o Knut que ela tem vontade de beijar, não eu, não pode ser eu, eu desejo com todo o meu ser, e então eu sou o escolhido, e preciso dar um passo adiante no meio daquele grupo, no escuro, com o meu cabelo, com o meu corpo, e ela vem até mim, eu estou ali, não ouço mais a chuva, tudo que sei é que dei um passo à frente no meio do grupo, tudo o que quero é voltar imediatamente para onde estão os outros, mudos, ali estou eu com meu casaco encharcado, com os braços rentes ao corpo, e ela vem rapidamente na minha direção, desponta na escuridão, com seus olhos, com seu cabelo, e me abraça com os dois braços, ficamos ali, roçando um casaco no outro, meu cabelo está molhado, e sinto a mão dela acariciar minhas costas, e então ela aproxima a boca entreaberta da minha boca, o calor dos lábios dela, a boca, a umidade, uma umidade quente, nada mais, ali na casa de barcos, a escuridão, a chuva, e então precisamos ir embora, rastejamos para fora pela escotilha lateral da casa de barcos, a turma toda, um atrás do outro, e então seguimos pela estrada escura, margeando a praia, em alguns trechos as ondas chegavam a lavar a estrada, nós vamos em frente, eu caminhando atrás dos outros, lá na ponta iam o Knut e ela, os braços envoltos nos ombros um do outro, caminhamos até a cooperativa, lá estacamos e ficamos, iluminados pela luz da vitrine da loja, eu com uma garota da minha sala, conversando e rindo, conversando como sempre fazíamos, eu tentando agir como sempre agia, e quando voltamos para casa eu segurei na mão dela e nós seguimos de mãos dadas pela rua, até chegar na casa dela, então nos abraçamos e ela entrou, e eu segui com os outros, para a minha casa, no embalo das ondas, tanto o Knut como ela ainda vinham caminhando, eles caminhavam de mãos dadas, ambos em silêncio, todos em silêncio, e eu fui para casa, disse tchau, corri até a minha casa, subi a ladeira, disse a minha mãe que não estava com fome e fui para o meu quarto. Na verdade foi aí que tudo começou. Eram noites como essa, depois que íamos às matinês do Centro da Juventude, que participávamos de uma ou outra atividade, nas noites escuras de outono, depois que os adultos tinham terminado as suas obrigações, quando ficávamos sozinhos, só nós, todos juntos, diante de tanta coisa que tínhamos para fazer, era então nessas noites, quando saíamos sozinhos pela rua, meninos e meninas, só nós, inventando o que fazer, que tudo começou, começou com ela, a de cabelos compridos, a mesma que andava de mãos dadas com o Knut, a dos peitinhos, durante muito tempo ela ocupou esse espaço, durante anos, e ainda hoje, enquanto estou aqui sentado sozinho, sentado aqui escrevendo, e lá embaixo ouço o som da televisão da minha mãe, aqui é uma casa tranquila, uma velha casa branca, e ainda assim posso sentir aqueles lábios úmidos pressionando os meus, debaixo da chuva, no escuro, posso ouvir o som das ondas quebrando, e isso eu sinto como uma coisa que ficou aprisionada no meu corpo, nos meus movimentos. Foi assim que tudo começou, no escuro, na chuva, numa estradinha que margeava a praia, numa antiga casa de barcos, as ondas sempre quebrando, e a pele que crescia cada vez mais. O beijo dela foi uma marca na minha pele, se entranhou no meu corpo e ali permaneceu. Ela está casada agora, tem filhos grandes, é dona de casa, e ela e o marido costumam ir às festas do povoado. Estavam lá neste verão, quando tocamos. O Torkjell e eu. Ele no acordeão, eu na guitarra. Ela estava na festa do povoado, mas agora o corpo dela é outro. Ela dançou com o Knut. O cabelo dela está curto. Os peitos dela ficaram muito maiores. Tudo é diferente. Neste verão reencontrei o Knut, não o via fazia uns dez anos. Estou sentado aqui escrevendo, a minha mãe caminha lá embaixo, o tempo inteiro ouço a minha mãe caminhando lá embaixo. Ouço o som da televisão. Não sei, não. Escrevo para espantar a angústia, mas ela só aumenta. Fico mais calmo quando escrevo, mas logo em seguida a angústia retorna, algo vai acontecer, algo terrível, eu sei. Não saio mais, só fico dentro de casa. Uma angústia tomou conta de mim. A minha mãe caminhando lá embaixo. Ouço os passos dela, o som da televisão. Não saio mais de casa.

FOI NESTE VERÃO QUE REENCONTREI O KNUT, e então uma angústia tomou conta de mim. A minha mãe. A mulher do Knut. Uma capa de chuva amarela. A jaqueta jeans. Os olhos dela. Não via o Knut fazia uns dez anos. Na noite seguinte ao segundo encontro com o Knut tocamos na festa do povoado. O Duo Torkjell. O Knut dançou com uma antiga colega de sala. Perdi a conta das vezes que toquei no Centro da Juventude. Uma angústia toma conta de mim. Parei de tocar, disse ao Torkjell que não quero mais tocar. Não saio mais de casa. No verão, reencontrei o Knut. Uma angústia tomou conta de mim. Eu e o Knut. Era lá que ensaiávamos, no Centro da Juventude. Eu e o Torkjell nunca mais ensaiamos, eu me recuso, digo que não quero ensaiar, e também não quero mais trabalhar com isso. Não saio mais de casa. Fico sentado aqui escrevendo, só isso. Mas também antes raramente ensaiávamos, e quando era mesmo necessário ensaiávamos na casa do Torkjell. Agora não saio mais de casa. Neste verão tocamos na festa do povoado, e desde então não quis mais tocar com o Torkjell. Não saio mais de casa. A minha mãe caminha pela sala de estar. Aqui em cima ouço o som da televisão. Uma angústia tomou conta de mim, dói a mão esquerda, os dedos doem.

A minha mãe não é tão velha. Dois dias depois que reencontrei o Knut tocamos na festa do povoado. Como sempre, havia pouca gente quando começamos a tocar, um ou outro casal. O Torkjell fica na frente do palco, a um metro da borda, com um pequeno amplificador atrás dele, e eu fico à esquerda do Torkjell, um tanto atrás, e logo atrás de mim fica um pequeno amplificador. Eu fico no meu lugar. Só tocando os meus acordes. Valsas, modinhas. Tirando as notas, um acorde atrás do outro. Olho para o salão, está quase vazio, ninguém dança, olho para o Torkjell. Ele faz como de costume, o pé esquerdo bem à frente, a cabeça ligeiramente inclinada e o tronco balançando no ritmo da melodia. De vez em quando ele sacode a cabeça. De vez em quando sorri. Eu quase não me mexo. Nós terminamos o primeiro número. Ainda tem pouca gente no salão quando saímos para o primeiro intervalo. Olho para a coxia, tem cadeiras empilhadas ali, um monte de cadeiras, eu sento no alto de uma dessas pilhas, tem uma quantidade enorme de garrafas vazias espalhadas pelo chão. Ouço as pessoas conversando no salão. E fico apenas sentado ali. Então o Torkjell chega saltando na beirada do palco e diz que podemos voltar ao trabalho. Está chegando mais gente, ele diz. Nós nos preparamos. Retomamos com uma valsa. De repente o salão fica cheio. Alguns até arriscam cantar um pouquinho. Olho para o Torkjell, ele parece bem animado. Parece estar gostando. Sorri o tempo inteiro. Balança a cabeça. A franja encobre a testa, ele a sacode para o alto, repete o movimento. O povo dança. Nós tocamos. Cada vez mais gente. Nos intervalos entre as músicas o vozerio preenche o salão. O povo dança. De vez em quando até aplaudem quando terminamos um número. Eu fico no meu lugar, dedilhando as cordas. Conheço a maioria das pessoas que estão dançando. Casais, a maioria. Alguns solteiros. Algumas senhoras. Quase nenhum jovem. Continuo dedilhando as cordas da guitarra. Lá longe eu avisto o Knut, ele e a mulher parados no vão da porta. Aceno para eles. Nós tocamos. Vejo o Knut rodo-piando pelo salão, ele está dançando com uma das mulheres, uma que era da sala dele. A mulher dele continua lá na porta. O Knut dança com uma garota com quem passou nove anos estudando, na mesma sala. Vejo o marido dela ir até a mulher do Knut, fazer um cumprimento curvando o tronco, convidá-la para dançar, mas ela balança a cabeça, sorri, diz alguma coisa ao homem, ele recua, rapidamente dá meia-volta, dá as costas para ela, levanta a perna, inclina o pé e então dá um tapa no sapato com a palma da mão, e mais uma vez se vira para ela, sorri, ela diz alguma coisa e ele diz alguma coisa. Nós tocamos. Melodia atrás de melodia, eu vou dedilhando as cordas. O Knut dança. E a mulher dele continua parada perto da porta, conversando com um homem, eu não sei quem é, nunca falei com ele, o homem é bem mais velho do que a esposa, a que está dançando com o Knut, e vejo a mulher do Knut e o sujeito se aproximando da parede, do meu lado, eles avançam, vêm quase até o palco, e ali se sentam, nos bancos junto à parede, bancos de madeira, tem espaço de sobra no banco que fica do meu lado, e eles sentam ali. Eles conversam. A mulher do Knut olha para mim, sorri para mim. Eu retribuo o sorriso. O homem fala. Depois de um instante, ele levanta, vai até a ponta do banco e gesticula para alguém que está sentado ali. Os dois começam a dançar. A mulher do Knut continua sentada no banco, bem na ponta. Sentada sozinha. Ela olha para mim. Cabelos pretos, e aqueles olhos dela. Cabelos grossos e curtos. Os olhos. A jaqueta jeans. O Knut dança, e então não consigo mais vê-lo. A mulher dele está sentada no banco. Agora chegam alguns jovens. Uma turma de garotos se aproxima do palco, pelo meu lado esquerdo, não consigo vê-los, mas estão parados bem próximo do palco, no lado esquerdo, em frente ao lugar onde está sentada a mulher do Knut. Alguns deles caindo de bêbados. O Torkjell arremata uma melodia, faz um acorde longo, acena para mim e então estica o pé para a frente, rígido e inclinado à medida que toca, então aperta o fole, junta ambas as caixas do acordeão, prende as fivelas, põe o instrumento de lado e vai para a coxia. Eu tiro a guitarra do ombro. Desligo o amplificador. Deixo a guitarra ao lado do amplificador. Desço até o salão, vejo o grupo de garotos reunidos no canto, em volta do aquecedor que está lá, agora é verão, não há necessidade de aquecedor. Eles são uma turma de amigos. Estão ali para beber. Alguns idosos se aproximam. A mulher do Knut está sentada no banco ali perto. Está no intervalo, e muitos estão de saída. Vão se refrescar, tomar um trago. Não faço questão de ir lá fora, vou novamente até o palco, subo as escadas que levam ao palco. Sem olhar ao redor. Então ouço uma voz, e a mulher do Knut vem na minha direção. Percebo a turminha reunida no canto se virar e olhar para ela. Eu paro, ela pergunta se não quero conversar um pouco, e desço novamente até o salão, ela vai até o banco encostado na parede e senta. Eu a acompanho. Reparo que alguns jovens se viram e riem. Eu sento. Ela segura no meu braço e se vira para mim. Mais gente se vira na nossa direção, a turma em volta do aquecedor. Eles estão muito bêbados, eu percebo. A mulher do Knut mantém a mão sobre o meu braço. Pergunto se ela está se divertindo, e ela diz que é interessante, nunca tinha vindo a uma festa de povoado, não como essa daqui, até já frequentou bailes, várias vezes, mas aqui é diferente, como aqui ela nunca tinha estado, na verdade é uma experiência e tanto. Ela fala rápido. Não sei o que dizer. Não imaginava que fosse assim, ela diz, mas agora ela já não sabe onde está o Knut, ela diz, e não conhece ninguém por aqui, é bom o Knut aparecer logo, ela diz, tomara que apareça. E eu digo que já não o vejo há um tempo, que o vi dançando, mas depois não vi mais, e ela diz que ela não sabe dançar danças tradicionais, nunca aprendeu, então vai ficar sentada ali até ele aparecer, ela diz. Ele já deve estar vindo, deve ter encontrado alguém conhecido, eu digo. Mas é chato demais ficar sentada aqui sozinha, ela diz. Ela discretamente repousa a mão no meu braço. Ele já deve estar vindo, eu digo. Um dos garotos da turma se afasta, fica mais agitado do que deveria, se vira, cruza o salão, dá meia-volta, olha na direção da parede onde estamos sentados, olha para nós. Ele fixa o olhar em mim. Franze o cenho para mim.

Quer dizer que arrumou uma mulher, foi, ele diz.

Eu o encaro.

Porra, já estava na hora.

Não, eu digo, deixe disso.

Estou vendo aqui que você arrumou uma mulher, ele diz.

Não é minha mulher, eu digo.

Vocês estão aqui se pegando, ele diz, e segue determinado até onde está o grupo, para diante deles, diante da turminha, agarra um dos que está lá, pela manga do casaco, o arrasta para o meio do salão.

Olha, ele diz, dirigindo-se a nós, e o sujeito nos encara obedientemente com uma expressão preocupada.

Olha só quem está sentado aí, ele diz. Não está vendo? Ele agora arrumou uma mulher!

O outro sujeito me olha de relance.

Ela é até bonitinha, ele diz. Que merda, hein. Já estava na hora de arrumar uma mulher, não dá para foder com essa guitarra, hein.

Eu balanço a cabeça.

Que gostosa essa mulher, ele diz. Devia foder com a gente...

Ele abraça o amigo e os dois caem na gargalhada. Eles cambaleiam pelo salão em direção à saída. Sinto a mão dela apertar meu braço. Um dos garotos, o que veio primeiro, esse eu sei quem é, mas nunca falei com ele, o amigo dele até já tinha visto, mas não sei quem é, os dois costumam vir aos bailes, e os dois retornam, o amigo vai até o grupo reunido em volta do aquecedor, fica lá parado, bem diante de nós, e sinto a mão dela apertando meu braço, e ela sussurra no meu ouvido para irmos para outro lugar, isso aqui é muito infantil, ela diz, e eu concordo com a cabeça.

Porra, olha só os dois se pegando, o sujeito diz.

Eu levanto.

Vai comer ela agora?, ele diz, e faz um círculo com o indicador e o polegar da mão esquerda, enfia o indicador direito no meio e estica ambos os braços diante do corpo.

Porra, agora ele vai trepar, ele diz.

Nós vamos embora dali.

Queria ser o cara que vai comer ela, o sujeito diz.

Olho para trás e ele vem nos seguindo.

Puta que pariu, o guitarrista arrumou uma mulher, ele diz, quase urrando. Pobre dessa desgraçada, ele diz.

Ouço as risadas vindo do canto, olho para lá, e a turma inteira está de olho no garoto. De olho em nós. Rindo. Subimos ao palco.

Ele vai foder atrás do palco, berra o garoto, gesticulando com as mãos, para depois recuar, dar meia-volta e ir em direção à saída, enquanto nós vamos para a coxia. Eu sento sobre a pilha de cadeiras. Tem cadeira para você também, eu digo, mas ela apenas balança a cabeça, senta no meu colo e envolve o braço no meu pescoço. Ela põe o braço em torno do meu pescoço. De repente sinto os lábios dela no meu rosto. Estão úmidos. Sinto sua boca se aproximar da minha orelha, ela lambe levemente o lóbulo, sinto um calafrio percorrer meu corpo, e ela sussurra que quer sentar aqui atrás do palco ou em algum outro lugar, até o baile terminar ela quer ficar aqui, e então quer voltar para casa comigo, nós dois juntos, ela sussurra, lambendo a minha orelha, e eu assinto, então ela novamente pressiona os lábios no meu rosto, entreabertos, úmidos, em seguida a língua, que roça a minha pele, e eu apenas fico sentado ali, e ela sussurra que ele pode se divertir como quiser, é tudo uma grande bobagem, ela prefere estar ali comigo, ela diz, e diz baixinho, sussurrando, e então dá uma risada curta, abraça meus ombros, pressiona o nariz no meu queixo, e eu ponho os braços sobre os ombros dela, ela encosta a cabeça no meu peito. Eu a abraço com força. Eu a ouço rir baixinho encostada no meu peito, e então sinto a mão na minha barriga, ela enfiou a mão pela abertura dos botões da camisa, e os dedos dela alisam os pelos da minha barriga. Estamos sentados atrás do palco, ouvindo o burburinho de vozes lá do salão onde as pessoas começam a se reunir novamente. Eu estou com o braço em volta dos ombros dela, e recolho meu braço, ela recolhe a mão, mas ainda está sentada no meu colo, e mantém o braço em volta dos meus ombros. Eu olho fixamente para a frente.

Já terminaram?

Alguém grita do salão, é a voz do garoto, e ouço passos subindo a escada do palco.

Já terminaram de trepar?

Vejo que ele está parado rente ao amplificador do Torkjell, ainda mais alterado, bem mais do que o necessário, e reparo que segura uma garrafa na mão direita, atrás da barra do casaco. Ele vem caminhando na nossa direção.

Ela trepa bem?, ele diz me encarando.

Deixe disso, eu digo.

Parece que sim, ele diz, e eu sinto a mão dela apertar meu ombro com força.

Então vocês não ficaram aqui trepando, ele diz, se aproximando, para bem ao meu lado, olha em volta, e então tira uma garrafinha do bolso, dá um trago, me oferece a garrafa, eu balanço a cabeça.

Que merda é essa, ele diz.

Não bebo quando estou tocando, eu digo.

Idiota, ele diz. Claro que o guitarrista tem que beber.

Não ia querer parar se começasse, eu digo.

Que merda é essa, ele diz.

Pode voltar para o salão, eu digo.

Gostei da sua mulher, ele diz.

Eu balanço a cabeça, ele toma mais um trago, faz uma careta, me entrega a garrafa, eu faço um gesto com a mão recusando.

Está bem, ele diz.

Pode ir agora, eu digo.

Ela trepa bem?, ele pergunta.

Pare com isso, eu digo.

Que merda é essa, ele diz.

Se acalme, eu digo.

Que puta mulher gostosa, ele diz, e eu suspiro resignado, ele fica ali segurando a garrafa, põe a garrafa no chão, inclina o pescoço para a frente, enfia ambas as mãos nos bolsos procurando alguma coisa, tira um maço de tabaco, abre, enrola um cigarro com dificuldade, fino numa extremidade, grosso na outra, tão grosso que o papel não dá conta, o tabaco escapa pela ponta, ele tenta acender o cigarro com um fósforo, não consegue, arranca a ponta mais grossa, tenta acender novamente, não consegue, arranca a ponta mais fina, tenta novamente e agora consegue, então se agacha de novo, apanha a garrafa, tira a tampa, bebe, e eu vejo o Torkjell subindo a escada do palco, com os mesmos movimentos rápidos de sempre, pronto para mais um número, ele nos vê, o garoto está de costas, se vira, e o Torkjell dá um berro, que merda ele está fazendo aqui em cima, e o garoto faz menção de dizer alguma coisa, mas o Torkjell parte para cima dele, o garoto tenta enfiar a garrafa no bolso do casaco, e o Torkjell grita, que merda ele tem na mão, hein, mostra aí, o garoto fica parado, tenta se equilibrar em pé, mantém a mão por baixo do casaco, e então o Torkjell o agarra e puxa a mão dele para fora, exatamente o que eu pensava, ele diz. O Torkjell diz para o garoto descer já do palco, e rápido, mas ele simplesmente fica parado onde está. Ah não, diz o Torkjell, que arranca a garrafa de bebida da mão do garoto. E o agarra pelo braço e o leva até a beira do palco. O garoto protesta. O Torkjell o empurra com mais força. Ele resiste. O Torkjell xinga, seu merda, ele diz, seu merdinha, torce o braço do garoto, retorce, o garoto fica ali, resistindo, resistindo como pode, os dois não se movem, até que o Torkjell torce com tanta força o braço que o garoto se inclina para a frente, ele se curva inteiro, e então o Torkjell consegue empurrá-lo, o garoto cai do palco e se estatela no chão. Eu levanto. Fico atrás do Torkjell. O garoto fica caído no chão. As pessoas se aglomeram em torno dele, alguns do grupo recuam. Ficam olhando para o garoto deitado no chão. Depois de um tempo, ele tenta se firmar em pé. A testa está ensanguentada. Ele caminha em direção à saída. O Torkjell olha para mim. Ele diz que não se pode pegar leve em situações assim. Ele já estava farto daquele filho da puta. Foi professor dele por muitos anos. Devia era ter dado uma bela surra nele, isso sim. E ela aí, ele diz. Vai ficar sentada ali? Eu confirmo com a cabeça, digo que ela prefere ficar ali enquanto tocamos, e o Torkjell diz que se ela quer tanto assim pode ficar, ele não tem nada contra. Mas temos que recomeçar o baile, ele diz. O Torkjell pega o acordeão, eu penduro a guitarra no ombro, ligo o amplificador. Preciso fazer um pequeno ajuste no amplificador. Então recomeçamos. Eu reparo nos movimentos do Torkjell, posso dizer com certeza que ele bebeu um pouco durante o intervalo. Ele está tocando melhor agora. O salão está cheio. Fumaça e dança. E eu ali, no meu lugar, só tocando meus acordes. Sei que ela está sentada olhando para mim, mas não quero me virar. A mulher do Knut. Eu toco. O povo dança. Eu vejo o Knut dançando. Ele dança com uma garota que namorou na escola. O Knut dança. Emendamos uma melodia na outra. Eu não me viro. É a última dança, e o Torkjell avisa. É a saideira, pessoal, ele anuncia. Agora todo mundo tem que vir para o salão. Ele espera. Eu vejo o Knut avançando pelo salão, ele vem até a beira do palco, acena para mim e pergunta se vi a mulher dele. Ouço a voz dele sobressaindo em meio a tanto barulho. Eu balanço a cabeça. Ele diz que faz tempo que não a vê, ela deve ter ido para casa, ele diz, e vai dar uma volta pelo salão atrás dela. Ela certamente foi para casa, ele diz, e o Torkjell já começa a tocar a derradeira valsa. Estou atrasado, espero o compasso certo e então entro com a guitarra, e vamos em frente. Vejo o Knut percorrer o salão, ao longo dos bancos, até perdê-lo de vista. Última dança e terminamos. Alguns aplausos dispersos. Eu me viro, vou para a coxia, ainda com a guitarra a tiracolo. Ela continua sentada lá. Explico que o Knut está procurando por ela, perguntou por ela, agora mesmo, antes da última música, e ela diz que ele pode procurar o quanto quiser, ela não quer vê-lo, ele deve ter ido para casa, ela diz que tinha dito a ele que não estava gostando dali, que queria ir para casa, ele deve estar achando que ela voltou para casa, ela diz, e eu assinto, tiro a guitarra dos ombros, apanho o estojo, retiro o plugue da guitarra, enfio tudo no estojo, encontro a caixa do amplificador e o guardo, não vejo o Torkjell, mas o acordeão dele ainda está ali, a luz do amplificador dele ainda está acesa, então também recolho o equipamento dele e ponho tudo num canto. O salão está quase vazio agora. O chão está cinza. Garrafas vazias estão espalhadas para todo lado. O ar está impregnado de fumaça. Alguns faxineiros já começaram a limpeza. Não sei o que fazer, percebo que ela está olhando para mim. Não sei mesmo. Digo que é hora de voltar para casa, e ela se levanta. Desço até o salão, saio, várias pessoas ainda estão aglomeradas em frente ao Centro da Juventude, lentamente começo a atravessar a rua. Percebo que ela vem atrás de mim. Eu paro. Ela me alcança. Nós seguimos caminhando juntos pela rua. Uma longa fila de carros ainda se estende ao longo da via, as pessoas ainda não retornaram às suas casas depois do baile. Estão ali fazendo hora, esperando o tempo passar. Alguns carros passam por nós. Caminhamos devagar. Ao lado da fila de carros. Vamos pelo acostamento. Sem dizer nada. Os carros passam por nós. Carro após carro. Eu me viro, e agora são uns poucos ainda estacionados em volta do Centro da Juventude. Nós caminhamos. Ela vem comigo e não sei o que dizer. A mulher do Knut. Ela não conseguiu encontrar o Knut, e não sei o que dizer a ela, caminhamos lado a lado, ela mais próximo à via, eu bem no acostamento, a noite está um breu, é noite de verão, mas a escuridão ainda é total, e não sei o que dizer, mas percebo uma coisa esquisita, não sei o que dizer, mas não importa muito, nós caminhamos lado a lado, sem dizer nada, apenas caminhamos, e então, de repente, ela enfia a mão em volta do meu braço, nós caminhamos, e o corpo dela se aproxima do meu, e os dedos dela apertam e acariciam a dobra do meu cotovelo. Vamos pela rua, está uma escuridão só, todas as casas estão escuras. Podemos ver os faróis de alguns carros ao longe, eles reluzem na escuridão. Não dizemos nada. Os dedos dela deslizam na dobra do meu cotovelo, ouço um carro vindo atrás de nós e me desvencilho dela. Ela sorri discretamente para mim. O carro passa, e de novo ela enfia a mão em volta do meu braço.

Está com medo de que nos vejam, ela pergunta.

Eu assinto com a cabeça.

Você não é de falar muito, ela diz.

Você não tem medo disso, eu digo.

Percebo que ela faz que sim, não olho para ela, estou olhando para o outro lado, mas percebo que ela mexe a cabeça, bem discretamente, e está perto de mim, e isso não importa, não me amedronta, não importa que eu também não saiba o que dizer, simplesmente é assim, e a mão dela, os dedos, o corpo dela, ela está perto de mim novamente, agarrada em mim, e nós caminhamos, pela rua, margeando o fiorde, e as ondas arrebentam suavemente, de novo e de novo, na praia, e o fiorde estende-se negro pela paisagem, e posso vislumbrar o contorno das montanhas ao longo do fiorde, casas escuras, e o fiorde, de novo e de novo o fiorde e as ondas, e mais além as montanhas. Eu digo que ela está quase chegando em casa, e ela diz que não quer voltar para casa agora, prefere ficar comigo, eu encolho os ombros e então sinto aquela angústia de novo, a mesma angústia que senti na noite anterior, e ela percebe algo diferente em mim, pergunta se estou sentindo alguma coisa, ela pode muito bem ir embora se for o caso, ela diz, e nós vamos em frente, agora alguma coisa vai acontecer, eu penso, ela não quer voltar para casa, ela diz que quer ficar comigo, e o Knut sumiu, não quer ir para casa, quer ficar comigo, algo tem que acontecer, preciso inventar alguma coisa, ficar comigo, e não podemos ir para a minha casa, a minha mãe, ela tem que ir para a casa dela, e avistamos a casa da família do Knut, retardamos um pouco o passo, ela me segura pelo braço, e o Knut vai ver isso, ele sumiu de vista no Centro da Juventude, deve ter voltado para casa, sumiu, ele me perguntou pela mulher, e eu sabia onde ela estava, e disse que não sabia, por que eu disse isso, ela estava sentada lá atrás, nos bastidores, deveria ter dito onde ela estava, poderia muito bem ter dito, e nos aproximamos cada vez mais da casa da família do Knut, e ela sussurra que não quer voltar para casa, quer ficar comigo, ela diz, só quer ficar junto de mim, não quer ir para casa, e eu digo que não podemos ir para a minha casa, não dá, eu digo, e ela diz tudo bem, e aperta levemente os dedos na dobra do meu cotovelo, e chegamos na ruazinha que leva à casa da família do Knut, e ela pede para ficar comigo só mais um pouquinho, me fazer companhia pelo caminho, pode ser, não pode, ela diz, e eu aceno que sim e vou em frente sem pressa. Agora a angústia é bem perceptível. A angústia se espalha pelo corpo. Uma angústia que chega a ser palpável. Caminhamos devagar. Tenho que dizer alguma coisa. Não consigo mais ver o fiorde, agora que ela está aqui bem calma, pertinho de mim. Uma angústia no corpo. Nós caminhamos. Algo precisa acontecer. Não podemos ir para a minha casa. Ela me segura pelo braço, e o Knut pode nos ver. Do baile ele foi direto para casa. Seguimos pela rua, passamos bem diante da casa da família do Knut, e ela diz que não quer entrar, quer ficar comigo. Ela diz que quer ficar comigo. Não podemos ir para a minha casa. E o Knut pode nos ver. Ver que ela está me segurando pelo braço. Caminhamos pela rua. A escuridão e o fiorde. Preciso dizer alguma coisa. Não posso só ficar andando à toa. Nós vamos margeando o fiorde. As ondas. Sempre essas ondas. Dizer alguma coisa. Passamos diante da casa de barcos, aos pedaços, quase caindo. Digo para ela que naquela casa eu e o Knut costumávamos brincar quando éramos pequenos, a casa de barcos está abandonada, tem um barco a remo velho apodrecendo lá dentro, um monte de apetrechos de pesca abandonados, antigas redes de pesca de algodão que se desfazem só de tocar nelas, lã velha, o chão da casa de barcos é de terra, eu digo, mas lá em cima, no sótão, e tem uma escada que vai do chão até o alto, era lá que a gente costumava ficar, fizemos uma espécie de cabana ali, com velas e essas coisas, a gente se divertia muito ali, eu digo. Ela diz que então o que nós fizemos foi uma espécie de clube só para meninos. Eu digo que era exatamente isso. Um clube secreto. Só eu e o Knut sabíamos da existência desse clubinho. Ela para e a mão dela aperta o meu braço.

Vamos até lá, ela diz.

Eu hesito.

Vamos lá, ela diz.

Mas está escuro e tem muita poeira, eu digo.

Não tem problema.

Fico parado, e penso que não devia ter falado da casa de barcos, não devia ter feito isso, por que tinha que mencionar isso, que bobagem tocar nesse assunto. Não posso entrar na casa de barcos. A mulher do Knut, não posso.

Não seja tão chato, ela diz.

Eu apenas fico ali, e ela pega a minha mão, entrelaça nossas mãos, pergunta se meu nome não é Leif, e então desce até os rochedos, pergunta onde fica a porta da casa de barcos, e digo que tem duas portas, uma grande, na frente, larga o bastante para dar passagem aos barcos, uma porta dupla, e também uma portinha lateral, quase uma escotilha, que eu e o Knut usávamos, eu digo, e então ela diz que nós temos que entrar por ela, e eu assinto, digo que de outra forma não daria certo, a porta maior só pode ser aberta por dentro, eu digo, é preciso antes tirar a tramela que trava a porta. Ela ri. Eu digo que lá dentro está escuro. Ela diz que tem um isqueiro. E eu havia dito que tinha velas lá dentro, ela diz. Nós estamos de mãos dadas. Damos a volta na casa de barcos, nos embrenhamos por entre uns galhos, eu encontro a porta, e de repente sinto os lábios dela roçando o meu queixo, nesse instante a angústia toma conta de mim, então sinto os lábios dela se aproximando da minha boca, ela pressiona os lábios dela contra os meus, e eu escuto o barulho das ondas, eu sinto a angústia, ela está diante de mim, passa os braços nas minhas costas, entrelaça as mãos ali, e enfia a língua entre meus lábios, roça a minha língua, e tudo em mim é só angústia. Nós ficamos ali. Ouço as ondas arrebentando na praia. As ondas. Ficamos ali parados, e então ela diz que talvez devêssemos entrar na casa de barcos. Ela quer ver como é, ela diz. Abro a portinhola, me agacho, rastejo para dentro, ela vem atrás, lá dentro está um breu completo, ela acende um isqueiro, eu olho em volta sob o brilho tênue da chama, já passaram muitos anos desde a última vez que estive aqui, talvez mais de vinte, e tudo parece o mesmo de antes, o mesmo cheiro, e fico ali parado, ela se aproxima de mim, se atira sobre mim, a língua dela brinca de lamber o meu queixo, e eu não penso em nada, tenho que dizer alguma coisa, de repente perguntar alguma coisa, se não vamos subir até o sótão, e ela assente, então vamos até a escada, ela vai na frente e eu atrás, e subimos a escada. Subimos, estamos de pé sobre o assoalho de madeira, e de novo ela acende o isqueiro. Olho em volta. Tudo está como era. Vasilhames de plástico e garrafas de vidro vazias espalhadas ao redor. Objetos que eu e o Knut encontramos na praia. Eu fico ali. A mulher do Knut sentou num banco que fizemos, uma antiga rede de pesca que enfiamos dentro de uma saca de farinha. Ela sentou. Ela sentou no banco que eu e o Knut fizemos. Continuo de pé. Ela me diz para chegar mais perto. Não está muito frio aqui? Esse ar é muito úmido, ela diz. Permaneço onde estou, imóvel. Ela me diz para chegar mais perto. Venha, ela diz. Vou até lá e sento perto dela, e ela passa o braço na minha cintura, senta colada em mim, mas eu apenas fico sentado ali, ela beija o meu pescoço, sorri para mim, e a angústia me atormenta, não sei o que fazer, o que fazer comigo, tenho que dizer alguma coisa, fazer alguma coisa, voltar para casa depois do baile, não sei onde está o Knut, e a mulher dele, ela me abraça, e não sei o que fazer, tenho que dizer alguma coisa, a angústia é grande, e digo que preciso voltar para casa logo. Ela diz que nós podíamos muito bem ficar mais um pouquinho. Está na hora de eu ir para casa, eu digo. Ela pergunta se estou cansado, eu digo que sim, estou cansado, passei a noite tocando, eu digo, e ela assente. Eu levanto, e então ouço as ondas, ouço o barulho das ondas, ouço algo que tinha esquecido, de repente volto a ouvir. Ouço as ondas, o fiorde, e a angústia é bem perceptível no meu corpo. Eu fico em pé, imóvel, e a mulher do Knut pergunta se aconteceu alguma coisa, se está tudo bem, por que estou parado desse jeito, pareço muito estranho, ela diz, ir para casa justo agora, ela diz, podemos ficar um pouquinho mais, ela diz, e eu fico ali, apenas fico, e ela diz que se é para ficar assim feito um maluco é melhor ir embora logo, ela diz, e eu assinto. Ela levanta. Eu ouço as ondas, ouço as ondas como ouvia muito tempo atrás, e fico ali, olhando para ela, ela sopra a vela e tudo escurece. Ela acende o isqueiro. Me diz para ir na frente, e com uma enorme angústia no corpo e envolto pela escuridão total, eu desço a escada, degrau por degrau, o tempo inteiro ouvindo as ondas, e a angústia é grande, dói a mão esquerda, os dedos doem, e ouço as ondas, tal como ouvia antes, quando era menino, quando eu e o Knut brincávamos juntos, tínhamos nossos segredos, na casa de barcos, naquele sótão ali, eu desço a escada, degrau por degrau, lentamente, e está tudo escuro em volta, ouço as ondas, sinto o movimento das ondas no meu corpo, degrau por degrau desço a escada, e piso no chão de terra, sinto o cheiro de terra, ouço as ondas, está escuro, completamente escuro. Não vejo nada, mas então ouço um isqueiro sendo aceso, giro o corpo, vejo a chama do isqueiro, e atrás da chama está a mulher do Knut, o cabelo preto dela, os olhos castanhos, e a angústia é grande no meu corpo. Estou no térreo da casa de barcos. A mulher do Knut acendeu um isqueiro. Ouço as ondas, e a angústia é enorme. Tenho que dizer alguma coisa.

Acho que preciso ir para casa, eu digo.

É, eu entendo, ela diz.

Eu não saio do lugar.

Então é melhor a gente ir agora, ela diz.

Eu saio primeiro, espero lá fora até que ela saia, e então fecho a escotilha, mas não ponho o gancho no lugar, apenas encosto a portinhola, a mulher do Knut fica em pé esperando, eu levanto de repente, fico em pé, ela está ali também, completamente imóvel, e está perto de mim, eu não me mexo, não sei o que vou fazer, o que dizer, só estou lá, preciso fazer alguma coisa, e então começo a andar, vou abrindo caminho entre galhos e arbustos, o tempo inteiro atormentado por essa angústia, e ouço as ondas, elas já não arrebentam como antes, mas de um outro jeito, como arrebentavam no passado, há muito tempo, só que agora eu as ouço tomado por uma angústia, eu vou em frente, abrindo caminho entre os arbustos, ouço a mulher do Knut vindo atrás de mim, ela vem bem perto, sinto que ela chega bem perto de mim. Tenho que dizer alguma coisa, fazer alguma coisa. Vou até a rua principal, não me viro, não digo nada, mas percebo a esposa do Knut vindo logo atrás, rente a mim. Escalo os rochedos do costão, na direção da rua, e atrás de mim, bem rente a mim, percebo que vem a mulher do Knut, e estou angustiado, minha mão esquerda dói, os dedos doem. Caminho lentamente, paro, e ela passa por mim, sinto a mão dela tocar levemente nas minhas costas, fico quieto, ela passou por mim, e então continuo a subir, devagar, atrás dela, e ela para no acostamento, fica ali na escuridão, e eu sigo meu caminho, me distancio alguns metros, e digo que preciso ir para casa, ela diz que sim, que eu já disse, eu digo tchau, ela olha para mim, se vira, começa a andar na direção oposta, ela vai subindo a rua na direção da casa da família do Knut, eu tomo o rumo oposto, na direção do fiorde, e ouço as ondas, penso que ela não se despediu de mim, e a angústia é grande, chego até a sentir um peso no corpo, e eu me apresso, tento me distanciar, não posso começar a correr, eu penso, e vou margeando a estrada, ouvindo as ondas, ouço as ondas tal como as ouvia quando era menino, arrebentando sem fim, durante toda a minha vida elas nunca pararam de arrebentar, de novo e de novo, e fazia anos que eu não as ouvia, passei a infância ouvindo aquelas ondas, e agora eu as ouço tomado por uma enorme angústia. Eu me apresso para chegar em casa. Ouvindo as ondas. Caminhando. Caminhando o mais rápido que posso no rumo de casa. As ondas arrebentam na praia. Eu vou para casa, e não consigo pensar em nada, tudo aqui dentro é só uma enorme angústia, embalada pelo ritmo das ondas. A mulher do Knut. Eu vou para casa apressado, preciso chegar em casa, e a angústia é grande, não paro de ouvir as ondas. Fico aqui sentado, escrevendo, e não saio mais de casa. Foi neste verão que eu reencontrei o Knut. Foi quando a angústia tomou conta de mim. Não sei, não. A minha mãe. Não encosto mais na minha guitarra. Não sei o que é. Uma angústia tomou conta de mim, sinto uma dor na mão esquerda, nos dedos. Desde o comecinho deste verão não vou à biblioteca. A minha mãe caminha lá embaixo, e daqui de cima consigo ouvir o som da televisão. Sento aqui e escrevo, dia após dia fico sentado escrevendo, nunca saio de casa, a minha mãe faz as compras, antes eu costumava sair para fazer as compras, agora digo que não, que não tenho tempo, quando ela me pergunta se não posso ir comprar alguma coisa. Antes eu sempre ia, ela diz. Não respondo. Digo que não posso sair de casa. Ela diz que essa coisa de escrever é uma invenção muito estranha. Apesar de tudo, tocar guitarra era melhor. Naquela época pelo menos eu ainda era mais falante, ela diz. Foi neste verão que reencontrei o Knut. Fazia anos que eu não o via, mal me lembro da última vez que o vi, mas neste verão nos reencontramos, e o Knut tinha casado. Teve duas filhas. Eu passo o tempo sentado aqui. A minha vida não andou. Neste verão reencontrei o Knut. Cruzei com ele algumas vezes, depois não o vi mais. Vi a mulher dele algumas vezes, ela caminhava pela estrada, ela olhou na direção da casa, mas acho que não me viu. Fiquei escondido, dentro do quarto. Depois daquela noite, quando o Torkjell e eu tocamos no baile do povoado, foi que me dei conta de que não queria mais sair de casa. Não pus mais os pés fora da porta desde aquela noite. O Knut dança com uma antiga colega de sala. Não sei o que é. É uma angústia que tomou conta de mim, uma angústia terrível, não sei o que é, mas essa angústia está insuportável. É só por causa dela que eu escrevo. Não sei, não. Um dia depois que o Torkjell e eu tocamos na festa do povoado, neste verão, bem cedinho de manhã, lá estava eu no quintal, não lembro se estava pensando em alguma coisa específica, não era no Knut, não era na mulher dele, só estava ali, sem lembrar da noite anterior, e então vi o Knut, lá no meio da rua, ele me viu, eu acenei para ele, mas ele só meneou a cabeça, discretamente, e o Knut pensou que tudo foi há tanto tempo, ele deve ter nos visto, deve ter percebido tudo, mas isso não devia ter importância, foi naquela vez, a garota, não quer mais agora, devia querer, não podia, me vê ali parado, precisa falar, conversar, fazer, e ele não podia agora, mas tinha que ser, não podia, deveria, ele fica ali, sem saber direito, me vê, e agora tinha que ser, isso mesmo, precisa dormir um pouco, sem dizer nada, viu tudo, sabe de tudo, o Knut pensa, e então ele para, no acostamento, e dali ele olha para mim. Fiquei sem saber o que fazer, apenas permaneci onde estava, e o Knut continuou parado na beira da estrada, simplesmente ficou ali, sem fazer nada. Eu acenei para ele de novo, mas agora o Knut não reagiu, apenas ficou ali, no acostamento. Eu não sabia o que fazer, então comecei a descer a rua e então imediatamente o Knut começou a andar, e o Knut pensou que agora, não, isso não, melhor ir andando, ele sabe de tudo, deve ter visto a gente, isso mesmo, precisa ir agora, ir para outro lugar, não pode só ficar agindo assim, deveria poder, todo esse fingimento transparece no rosto, fica impregnado, não pode chorar, não pode gritar, é só isso, tem que ir, não pode dizer nada, refletiu bem, apenas ir, ir embora, não tem nada para dizer, amanhã, insone, ir para casa agora, descansar, não tem importância, tem que dizer alguma coisa, o Knut pensou, e eu chamei por ele, mas o Knut não respondeu, simplesmente atravessou a rua. Eu estaquei. Sem saber o que fazer. Fiquei parado no meio da rua, e vi o Knut se afastando, e o Knut pensou que agora era só ir embora, apenas ir em frente, sem saber direito, tem que ir, é preciso, agora, dormir, inventar alguma coisa, qualquer coisa, assim não dá mais, ir embora, sem dizer nada, faz tanto tempo que éramos pequenos, a casa de barcos, passou em frente, deve ter nos visto, sabe de tudo, e não quer, preciso só ir embora, o Knut pensou, e eu vi o Knut atravessar a rua. Desde então não vi mais o Knut. E tem essa angústia. Eu sento e escrevo, não saio mais de casa. Ouço a minha mãe caminhando lá embaixo. A minha mãe não é tão velha. Ela vem e me faz um cafuné. Diz que não posso só ficar trancado em casa, preciso sair de vez em quando. Vou enlouquecer completamente com isso de escrever, ela diz. A minha mãe. Eu ouço os passos dela lá embaixo, ouço a televisão. Não sei, não. Eu e o Knut estávamos sempre juntos, e o Knut foi embora, me deu as costas. O Knut dança com uma garota da turma. Eu sento aqui e escrevo. Não encostei mais na guitarra desde que a angústia tomou conta de mim. Não sei, não.

2

FOI NESTE VERÃO QUE EU REENCONTREI O KNUT. Pela primeira vez em pelo menos dez anos eu vi o Knut de novo. Eu estava atravessando a rua, indo para a biblioteca, era um lindo dia de verão, pouco depois do meio-dia, e então, dobrando a esquina, vindo na minha direção, avistei o Knut, primeiro o Knut, e alguns metros atrás vinha a mulher dele, a mulher do Knut, baixinha, gorducha, cabelo preto e olhos castanhos, e ao redor dela vinham duas menininhas. Eu avistei o Knut vindo na minha direção. Olhei para o Knut, quase sem querer olhei para ele, e ele olhou para mim, levantei o braço, acenei, nós caminhamos, nos aproximamos, e então o Knut levantou o braço, nós caminhamos na direção um do outro, acenando. Eu e o Knut nos aproximamos cada vez mais, acenando discretamente um para o outro, sorrindo, e agora eu penso que fazia muito tempo que não via o Knut, pelo menos uns dez anos, é difícil esse reencontro, eu penso, e o Knut pensa que sabia, tinha certeza que iria me encontrar, esbarrar em outros conhecidos, ele estava apreensivo com isso, não saber o que dizer, tudo foi há tanto tempo, as férias aqui, sem dinheiro para ir a outro lugar, férias longas, professor de música, tinha que ser aqui, não tinha dinheiro para ir a outro lugar, foi praticamente obrigado a vir para cá, não teve alternativa, e então lá vou eu andando, há quanto tempo, muito tempo atrás, e lá vou eu andando na direção do Knut, e o Knut pensa que tem que parar, tem que falar comigo, e nós paramos, ficamos de frente um para o outro, na calçada, conversando, tudo corre bem, falamos amenidades, há quanto tempo que não nos víamos, nós dizemos, e pergunto se ele quer ir comigo pescar, dar uma volta pelo fiorde, e então a filha dele começa a insistir para ir embora, ir embora já, e o Knut diz que eles vão na loja, vão na cooperativa, e eu digo que vou dar uma passada na biblioteca, e digo que provavelmente voltaremos a nos ver, e cumprimento a mulher do Knut com um gesto de cabeça, e ela retribui, me olha nos olhos, olhos castanhos, e parece tranquila, me encara bem nos olhos, e o Knut pensa que tudo que ele deseja é ficar em paz, não há nada que ele queira mais, e a mulher dele olha meio assim para mim, me olha bem nos olhos, ele pensa, e eu atravesso a rua, depois da esquina, a caminho da biblioteca, e o Knut pensa que não está com vontade de encontrar mais ninguém, não sabe o que dizer, já se passou tanto tempo. O Knut segue pela rua. Ele para, espera a mulher e as filhas, elas o alcançam e todos seguem juntos pela rua. Passam por uma casa de barcos que fica no pé do morro. O Knut diz que naquela casa de barcos ele brincava muito quando era menino. A mulher dele não diz nada. Ela vai em frente. O Knut fica parado um tempinho na calçada, contemplando a casa de barcos. Ele desce até lá, apoia a mão na parede, pensa que naquela casa de barcos ele já brincou muito, sempre comigo. Nós brincávamos muito juntos. O Knut volta à rua, vê que a mulher dele já avançou um bom trecho, ela sempre tem que encarar os outros daquela maneira, se comportar assim, ele pensa, e começa a andar, ele vai atrás da mulher e das filhas, ele lembra da nossa rotina, dia após dia, depois que voltávamos da escola, sempre juntos, ou ele ia de bicicleta até a minha casa, ou eu ia de bicicleta até a casa dele, ou então nos encontrávamos na casa de barcos, também íamos e voltávamos juntos de bicicleta da escola, passávamos os intervalos juntos, e às tardes também estávamos sempre juntos, no começo brincando, passando um tempão na velha casa de barcos, e mais tarde tocando, ensaiando as músicas que tocávamos, e naquele dia, do nada, tivemos a ideia de começar uma bandinha, no intervalo, na escola. O Knut segue pela rua, alguns metros atrás da mulher dele, as filhas vão com a mulher, ao redor dela, uma menina em cada mão, elas vão saltitando pelo caminho. Ele se vira e olha para a casa de barcos. Fazia muito tempo que não voltava para casa, ele pensa. Por que diz casa, ele pensa. Se quase nunca vem aqui, ele pensa. O Knut segue pela rua, alguns metros atrás da mulher, de novo ele se vira, olha na direção da casa de barcos, e pensa que ali ele brincou muito, quando terminavam as aulas ele ia direto almoçar em casa, engolia alguma coisa, e então ia para a casa de barcos, e se eu não estivesse lá era porque já estava a caminho, ele tenta se lembrar do que fazíamos ali de verdade, o que aprontávamos na casa de barcos, e não tem certeza, o que era mesmo, talvez nada de mais, e o Knut pensa que passávamos o tempo inteiro lá, fizemos uma sala secreta, no sótão da casa de barcos, era lá que ficávamos. Colecionávamos objetos que achávamos na praia, a maior parte garrafas de plástico vazias, madeira à deriva, podiam ser brinquedos de plástico velhos, sacolas plásticas vazias, o que encontrávamos pela frente levávamos para a casa de barcos, separávamos, guardávamos, e fora isso ficávamos lá, durante horas, chamávamos um ao outro de nomes secretos, trocávamos mensagens numa escrita cifrada. O Knut pensa que era lá que ficávamos, e agora aquilo dá a impressão de ser tão pequenino, naquela época parecia tão grande, enorme, tão vasto e misterioso. O Knut vai pela rua, ele alcança a mulher novamente, diz que ele e eu passávamos muito tempo naquela casa de barcos que ele mostrou a ela, e ela diz que ele já tinha mencionado isso, e o Knut diz que precisa falar assim mesmo, é tão estranho pensar nisso, e agora que ele se lembra daquela época tudo parece tão pequenino, é muito difícil lembrar o que fazíamos ali dentro, coletávamos objetos na praia, inventávamos nomes secretos, coisas assim, mas naquela época parecia uma enormidade. A mulher dele diz que é assim mesmo, costuma ser assim. Eles vão pela rua, chegam até a cooperativa. O Knut fica incomodado ao entrar, fazia tanto tempo que não passava por ali, ele pensa. Quando era menino, vinha com frequência. Fazia compras para a mãe. Sempre que tinha algum dinheirinho ele ia lá gastar. Fazia tanto tempo que não vinha ali. Ele entra, e as meninas começam a correr pela loja, a mulher dele pega uma cestinha de compras e passeia entre as gôndolas. O Knut acompanha a mulher. Ele está incomodado. A loja está exatamente como sempre foi. Nada parece ter mudado. O cheiro é o mesmo. O Knut percorre a loja com a esposa, não há outros clientes além deles. No caixa está uma garota. Eles perambulam pela loja. Só de vez em quando o Knut consegue ver onde estão as filhas. O Knut acha que não conhece a garota do caixa, uma jovem, e além deles não tem mais ninguém na loja, não tem por que esse receio, ele pensa, na verdade não existe perigo algum, não tem motivo para se sentir incomodado. Eles escolhem os produtos, pagam, e novamente atravessam a rua. O Knut vê a casa de barcos e diz que é tão estranha essa casa de barcos. A mulher dele não diz nada. O Knut diz que ter vindo à cooperativa não foi tão ruim quanto ele esperava, e a mulher dele diz que ele tem que parar de se preocupar com tudo isso, ele se aflige com tudo, fica incomodado em encontrar velhos conhecidos, se é assim, por que ele quis passar as férias aqui, hein, eles poderiam muito bem ter ido para outro lugar, ela diz, e o Knut não responde, segue caminhando, e quando eles chegam em casa a mulher dele entra, as meninas ficam lá fora, e o Knut senta na mesa do jardim, ele senta e admira o fiorde, é uma bela tarde de verão, ele ouve as meninas correndo e rindo, e o Knut pensa que hoje ele me encontrou, e claro que a mulher dele tinha que olhar para mim daquele jeito, fazia tanto tempo que não nos víamos, o Knut pensa, agora ele está casado, tem duas filhas, mulher, se formou, tem uma renda fixa, enquanto eu ainda moro na casa da minha mãe, parece que nada aconteceu comigo durante todos esses anos, ele pensa, eu ainda sou o mesmo de sempre, moro na casa dos pais, nunca morei em outro lugar, toco minha guitarra, ouço meus discos, comecei a tocar música folclórica, decerto porque precisava ganhar um dinheirinho, o Knut pensa, e ele pensa que não tem mais assunto para falar comigo, foi há tanto tempo, agora tudo é tão diferente, assim como a casa de barcos, que era tão grande, abrigava uma vida inteira, quase, e agora não é mais nada, assim é com a maioria das coisas, no final não resta nada, tudo apenas deixa de ser, tudo muda, e aquilo que um dia foi se transforma numa coisa totalmente diferente, diminui, torna-se nada, assim é a vida, não tem o que fazer, é assim e pronto. O Knut está sentado no jardim. As filhas dele correm em volta e brincam. Depois de um tempo ele entra em casa, torna a sair, traz um jornal, e de novo senta no banco do jardim. O Knut pensa que me encontrou hoje, eu sou o mesmo, nada de mais aconteceu comigo, a mulher dele me olhou nos olhos daquele jeito, ele pensa, é sempre assim, e eu perguntei se ele não queria ir pescar, dar um passeio pelo fiorde, logo ele que nunca foi de gostar de barcos, pescar nunca significou nada para ele, o Knut pensa, e contempla a vista do fiorde, a baía diante da casa, e vê um barco margeando lentamente a orla, e sou eu, ele vê, e o Knut pensa que não sente vontade de fazer um passeio pelo fiorde, jamais gostou dessas coisas, não dá valor a isso, e avista o barco lá adiante, um barco a remo, com um motor de popa, o barco manobra pela baía e ganha velocidade, desaparece no meio do fiorde, estanca ali um instante, e depois desaparece fiorde adentro. O Knut está sentado no jardim e pensa que a mulher dele olhou para mim daquele jeito. A mulher dele sai, bem abrigada com roupas de chuva, botas de borracha, e diz que vai dar uma volta pelo fiorde, ela falou com o vizinho por telefone, ela diz, e ele disse que ela podia pegar emprestado o barco, podia usar o motor se soubesse, tinha bastante combustível, o tanque estava cheio, ela diz, e o Knut pergunta se ela vai pescar, e ela diz que vai, tem vara e tudo mais no barco, mas ele não quer ir junto, não se sente à vontade no fiorde, ela diz, e o Knut diz que não, não gosta disso, mas ela pode ir só, sozinha, mas precisa tomar cuidado, e ela pergunta se ele pode ensiná-la a operar o motor de popa, ela não sabe direito como funciona, ele precisa ensiná-la a manusear os apetrechos de pesca também, ele podia fazer isso, ela diz, e o Knut diz claro que sim, ele diz, e ela pede para ele vir já, que ela já está pronta, como ele pode ver, ela diz, e começa a descer até a praia, e o Knut vai junto, alguns metros atrás dela, ele vai atrás dela, descendo até a praia, eles cruzam a rua principal, ela primeiro, depois ele, e então ela para, espera, pergunta para onde ir agora, e o Knut diz que é só seguir descendo pela estrada, na direção do fiorde, e encontrar a trilha que leva até a praia, e ela começa a andar, encontra a trilha, se embrenha por ela, salta sobre um rochedo, a trilha termina num riacho, junto a outro rochedo, faz um bom tempo que o mato não é capinado por ali e já toma conta do lugar. A mulher do Knut e o Knut descem até a praia, ela na frente, ele atrás, os dois margeando um riacho gorgolejante. O Knut arrasta o barco, um barco de plástico, até a orla, sobe a bordo, pega uma vara de pescar que está no barco, pega umas iscas e explica à mulher como manusear o equipamento, como lançar o anzol, trocar a isca, e o Knut põe a hélice do motor na água, e então explica a ela como operar o motor, ensina a ela a manobrar o barco. O Knut volta para a terra firme, e a mulher dele solta a amarra do barco, dá a partida no motor, e lentamente o barco se afasta da terra, e então ela acelera, a velocidade aumenta, e o Knut vê a capa de chuva amarela desaparecer no meio do fiorde, e então ela se vira, de repente, levanta a mão, acena para ele. O Knut está na praia e acena de volta, e em seguida começa a subir o rochedo. O Knut vai para casa, senta na sala, liga a televisão, não consegue se concentrar. A mãe dele entra na sala. Ela pergunta por que ele não quis pescar com a esposa, ele poderia muito bem ter ido, ela diz. O Knut diz que não se sente à vontade no fiorde. A mãe dele senta. Ela apanha a cestinha com os apetrechos de tricô. O Knut olha para a televisão mas não presta atenção no que vê. A mãe pergunta se ele não quer tomar um café, e o Knut diz que é uma boa ideia, e a mãe vai buscar duas xícaras, um bule, uma bandeja de biscoitos. O Knut tenta assistir televisão mas não consegue. A mãe diz que adora as meninas, as netas, mas também adora quando elas vão dormir. O Knut diz que gosta quando a casa fica em silêncio. Ele olha para a televisão. Não consegue se concentrar no que vê. A mãe diz que as duas meninas são lindas. O Knut diz que é feliz com elas, sim. O Knut levanta, diz que acha que vai dar uma volta, e a mãe diz que vai fazer bem a ele, um passeio à noitinha faz bem, ela diz. O Knut vai lá fora, olha na direção do fiorde, mas não consegue avistar o barco dela. Ele atravessa a rua, passa diante da casa de barcos, olha para o fiorde, e pensa que hoje cruzou comigo, não me encontrava havia muitos anos, não me via fazia uns dez anos, nós éramos muito próximos, tocávamos numa banda, e hoje ele esbarrou comigo, é estranho, faz tanto tempo, e ele estava apreensivo por causa disso, reencontrar a mim e aos outros conhecidos, ele não sabe direito o que dizer, faz tanto tempo, e a mulher dele, e o Knut pensa na mulher dele, ela olhou para mim daquele jeito, agora ela está lá no mar, com aquela capa de chuva amarela, o cabelo preto sob o capuz, os olhos, olhos castanhos, e o Knut pensa que eu perguntei se ele não queria dar uma volta pelo fiorde, nós poderíamos pescar, e a mulher dele ouviu, por isso que ela está no fiorde agora, porque queria me encontrar, e eu fiz um desvio até a baía em frente à casa da família do Knut, quis mostrar a ela que eu tinha vindo pescar, e então acelerei, para o interior do fiorde, na direção da ilhota, por que não mencionei antes, quando nos encontramos mais cedo, que eu costumava ir até a ilhota, que era lá que eu costumava pescar. O Knut vai pela estrada, desvia na direção do mar, e acha que a mulher dele quis ir pescar porque queria me ver. Ele percebeu pela maneira como ela me olhou hoje. Ele sabia o que isso significava. O Knut vai pelo caminho, e pensa na garota, naquela do baile em que nós tocamos, não foi essa a intenção, não da parte dele, era só brincadeira da parte dele, e agora talvez eu, não pode ser assim, ele não fez por mal, não achou que houvesse nada de especial na garota, era uma garota comum, mas eu fiquei tão estranho depois daquilo, me retraí, quase intimidado, não quis ensaiar, não quis mais tocar com ele, alguma coisa aconteceu comigo, e o Knut não compreende por quê, acha que não foi nada de mais, nada especial, mas eu fiquei tão estranho, ele ainda se lembra bem, na verdade ele não lembra muito bem dessa época em que tocávamos, os anos em que fazíamos bicos tocando juntos, mas exatamente esse episódio, essa coisa estranha, ele não sabe ao certo, tem algo misterioso aí, ele não sabe ao certo, alguma coisa estranha aconteceu, alguma coisa que ele não consegue compreender direito, e o Knut vai pela estrada, olha para o fiorde, aperta o passo, se apressa, acelera, não sabe direito, e espia na direção do fiorde, não vê nada, nenhum barco à vista, nem o meu, nem o dela, e o Knut pensa que ela ligou para o vizinho, perguntou se podia pegar emprestado o barco dele, claro que sim, não tinha problema nenhum. O Knut se aproxima da ilhota, para, fica em pé no acostamento, e avista dois barcos. Dois barcos estão parados perto da ilhota, e num deles está ela, e no outro estou eu. Os barcos estão lado a lado. O Knut está no acostamento, e olha para a ilhota, eu me viro, vejo o Knut, desvio o rosto porque o Knut não pode perceber que eu o vi, é isso, assim mesmo, o Knut pensa. Dois barcos parados perto da ilhota. O Knut está no acostamento, e pensa que é assim, exatamente, é como ele supôs, é sempre assim, desse jeito, o jeito como ela me olhou hoje, ele já sabia, é sempre assim, e o Knut fica parado no acostamento, olhando para nós, e pensa que aquela vez, com a garota, no baile, não significou nada, ele não se deu conta de que tinha feito algo errado, só isso, não foi nada de mais, e o Knut olha para nós, olha os barcos lado a lado, e começa a cruzar a estrada, ele não pode ficar ali parado, o Knut pensa, e olha na direção dos barcos, dois barcos a remo, um de madeira, um de plástico, dois motores de popa, e o Knut vê a mulher se inclinando para a frente, com a capa de chuva amarela, e ela sorri, a mulher dele está sentada no meio do barco dela, e eu estou sentado no meio do meu barco, estamos sentados no banco do meio de cada barco, ele agora repara, não tinha reparado antes, vê que ela amarrou o barco dela no meu, vê que ela sorri para mim, estamos conversando, ela se inclina para a frente, sorri, e o Knut pensa que não pode ficar ali, nós poderíamos vê-lo, talvez até já o tenhamos visto, será que eu não ergui o rosto, olhei na direção da terra, percebi que aquele ali era ele, e imediatamente desviei o olhar, o Knut pensa, e ele começa a cruzar a estrada, ele cruza a estrada, quer chegar logo em casa, ele pensa, e caminha, olha para o fiorde e me vê desatar a corda do barco dela, a corda está atada ao banco no meio do meu barco, ele me vê jogar a corda para ela, ela vai para a popa do barco, senta, tenta ligar o motor, ouve-se um estrondo, ela tenta de novo, outro estrondo, e o motor liga, e agora ela está voltando para casa, agora ela está vindo para casa, o Knut pensa, para, e a vê fazer uma curva em direção à ilhota, e o Knut me ouve dar a partida no meu barco, e me vê tomar outra direção, e ele me vê acenando para a mulher dele, e ela desvia e vem atrás do meu barco, e o Knut pensa que agora vamos desembarcar na ilhota, que agora nós dois vamos rolar sobre a urze, ele pensa, e o Knut ri sozinho, e volta a caminhar, apressado, rindo sozinho, ele quer chegar em casa, ele pensa, tomara que a gente não tenha visto ele, ele pensa, mas eu vi o Knut, levantei o rosto, depois olhei para baixo, eu vi o Knut, sim, e agora vamos desembarcar, na ilhota, é sempre assim, ele reparou no jeito como ela me olhou hoje, é sempre assim. O Knut vai pela estrada, decidiu voltar para casa, não tem razão nenhuma para ele ficar ali parado no acostamento, ele atravessa a estrada, e pensa que agora eu e a mulher dele estamos na ilhota, tinha que ser assim, a garota naquele baile, não foi por mal, mas é isso, não há o que fazer a respeito, e ele atravessa a rua. O Knut olha para o fiorde, olha para um pontal que se projeta sobre o fiorde. Ele para. O Knut pensa que quer descer até lá, ficar sentado esperando até que tomemos o caminho de casa, nós já o vimos, afinal, ele pensa, e o Knut vai até o pontal, tem vontade de ficar esperando ali mesmo, ele pensa, é uma grande bobagem, sentar ali e esperar por nós, e fica em pé, e senta, e começa a escurecer, e o Knut pensa que não pode ficar sentado ali, não teve nada de mais com aquela garota, a do baile, faz tanto tempo, ele não sabia, e eu fiquei tão estranho em seguida, me fechei em copas, nada mais foi como antes, eu não quis mais saber de nada, não era mais o mesmo, fiquei tão retraído, não queria fazer mais nada, claro que ele não sabia, não tinha como saber, foi assim e pronto, como ele poderia saber, não poderia, não tinha como, e o Knut senta e espera, fica ali sentado, decidiu esperar sentado, vai sentar, ele pensa, então ouve a si mesmo rindo, continua sentado, e então ouve o barulho de dois motores, levanta, vai até o fim do pontal, e então avista o meu barco, eu primeiro, e a uma distância de uns dois barcos atrás do meu vem o dela. O Knut se equilibra bem na extremidade do pontal. Ele olha para mim, e o Knut levanta a mão e acena assim que eu o vejo, e eu aceno para o Knut, e o Knut vê que reduzo a velocidade, faço uma curva em direção à terra, e o Knut vê que a mulher dele faz o mesmo. O Knut me vê manobrando o barco lentamente rumo à terra. De início o Knut não diz nada, e depois pensa que quer voltar de barco com ela para casa, e então diz que veio dar um passeio esta noite, diz várias coisas, e o Knut sobe a bordo do barco da mulher, e ela mostra a ele o peixe que pegou, vai ser o almoço de amanhã, o Knut diz, e então diz tchau, volta para o barco, dá partida no motor, e o Knut não olha para trás enquanto segue pelo fiorde, e pensa que enfim acabou, e pergunta se a mulher se divertiu, hein, pelo visto sim, e ela não responde, e ele pergunta por que esse interesse dela por mim, se isso quer dizer alguma coisa, por que raios ela faz isso, ele diz, e ela não responde, por que ela tem que fazer isso, o Knut repete, e ela não responde, não diz uma só palavra, fica sentada no banco no meio do barco, nem sequer vira o rosto, não responde, e o Knut balança a cabeça, começa a rir. O Knut não diz mais nada, volta para casa, eles chegam, ela desembarca, sobe o rochedo, no rumo de casa, ele amarra o barco, o bacalhau ainda está no barco, e o Knut apanha o peixe, o joga no mar, e em seguida vêm as gaivotas. O Knut vai para casa, tranca a porta e vai deitar, e a mulher já se recolheu, e o Knut diz que ela precisa sossegar, ela diz que quer dormir, é melhor deixá-la em paz. O Knut não diz mais nada, e no dia seguinte acorda tarde, já é quase meio-dia. O Knut acha que ela precisa deixar disso, não pode continuar agindo assim, o jeito como ela me olhou, não dá. O Knut fica um bom tempo deitado, e pensa que merece uma satisfação, eu e ela estivemos na ilhota, desembarcamos lá, ele tem que perguntar a ela o que nós fizemos na ilhota, descobrir o que foi, não dá, e a garota, a do baile, faz tanto tempo, e ele não sabia, não tinha como saber. O Knut fica deitado, só levanta quando uma das filhas vem dizer que o almoço está pronto, então ele desce, todas já estão em seus lugares quando ele chega, e a mulher nem olha para ele, nem ela nem o Knut dizem uma palavra enquanto comem. O Knut pensa em convidá-la para dar uma volta, precisa saber o que ela andou fazendo na ilhota afinal. Ninguém diz nada. Depois do almoço, o Knut sobe de novo para o quarto, deita na cama, tenta ler, e pensa no que eu e ela fizemos na ilhota, ele precisa perguntar a ela, ele pensa, aquela garota no baile, que bobagem, ele não sabia, mas eu fiquei tão estranho depois, me retraí, não quis mais ensaiar, mas faz tanto tempo. O Knut está deitado na cama, e pensa que tem que perguntar a ela, descobrir tudo, ele tinha receio de viajar para cá, reencontrar velhos conhecidos, não teria assunto, ele pensa, e a mãe sobe até o quarto, bate na porta, entra com a cabeça baixa, e pergunta se ele não quer um cafezinho, e o Knut diz que sim, agradece, seria ótimo, ele diz, e ele pensa que agora é hora de perguntar à mulher o que eu e ela fizemos na ilhota na véspera. O Knut desce para a sala. Lá está a mãe dele sozinha. O Knut pergunta onde a mulher está, e a mãe diz que ela e as meninas foram passear, e o Knut acha que ela quer mesmo é me ver, quer mesmo é me encontrar pelo caminho, esbarrar comigo, ela deve ter ido até a cooperativa, ele pensa, por isso não está aqui, ele pensa, e depois do café o Knut diz que vai sentar lá fora, e a mãe diz que ela já deve estar chegando, a mulher dele, ela só foi dar uma voltinha, ela diz. O Knut vai até o jardim, senta ali, ele levou um livro, tenta ler. Ele pensa que a mulher e as filhas já devem estar voltando, e então terá que perguntar a ela, descobrir o que eu e ela estávamos fazendo na ilhota. Preciso perguntar isso a ela, ele pensa. O Knut ouve as risadas, e então vê as meninas subindo a pequena rua que leva à casa. Um tempo depois a mulher chega. O Knut acena para ela. Ela se aproxima e senta ao lado dele. O Knut pergunta se o passeio foi bom, e ela responde que sim, então ela pergunta se ele está mais calmo, se esfriou a cabeça, ela não o suporta mais daquele jeito. O Knut não responde. Ela diz que ele precisa deixar de ser assim. O Knut não responde. A mulher dele balança a cabeça, levanta, entra em casa, e o Knut acha que deve perguntar a ela agora, saber o que eu e ela fizemos na ilhota, precisa perguntar isso, e o Knut se decide, quer perguntar, e entra em casa, e acha que tem que perguntar, mas não quer ir até a sala, aquele baile, aquela garota, ele não fez por mal, e ele sobe para o sótão, ela não vai dizer nada afinal, só vai ficar repetindo que ele precisa deixar disso, e de novo o Knut deita na cama, tenta ler. Ele acha que tem, sim, que perguntar a ela, e o Knut ouve passos na escada, ouve risadas, e a mulher dele sobe até o sótão, segurando uma filha em cada mão, e diz que hoje ele que tem que pôr as meninas para dormir, é a vez dele. O Knut pensa que vai pôr as meninas para dormir e em seguida perguntar a ela, ela me olhou daquele jeito, ele pensa, e o Knut leva as meninas para a cama, lê para elas, mas elas não querem dormir, não estão cansadas, nem um pouco, e então ele ouve vozes do corredor, uma filha salta da cama, e o Knut diz para ela se deitar novamente, a outra senta na cama, de olhos arregalados, e ouve o Knut dizer de novo que ela precisa ir dormir, são só os adultos conversando, ele diz, então a outra menina fica em pé na cama, as duas se entreolham, e o Knut diz que elas precisam dormir, já é tarde, ele diz. A mais velha salta da cama, olha para o Knut, e depois vai até a porta, abre, olha para o Knut novamente, em seguida sai e fecha a porta, então ele a ouve descer as escadas, e o Knut olha para a caçula, ela está pronta para descer da cama também, e o Knut pensa que agora, ele ouve as vozes, agora ela foi me buscar, ela foi até a minha casa me buscar, me trazer até aqui, ele ouve as vozes, a voz dela, a minha voz, ouve somente as vozes, ela foi me buscar, ele pensa, foi até a minha casa, talvez tenha me encontrado pelo caminho, ela me arrastou até aqui, ele pensa, e o Knut vê a caçula se esgueirando pelo vão da porta, e ele pensa que não tem problema, tudo bem as duas estarem acordadas agora, já é noite, tanto faz, aquele baile, ele não fez por mal, aquela garota, ele não tinha como saber, não teve a intenção de dar em cima da garota em quem eu estava de olho, não sabia, faz tanto tempo, tenho que tomar uma providência, não posso ficar sentado aqui, não dá, preciso fazer alguma coisa, descer, a mulher dele no corredor, comigo, alguma coisa vai acontecer, preciso descer, mas não quero, não estou a fim, e então ressoa um grito, é o nome dele, um grito, é ela quem está chamando, tem que descer, diz o grito, tem que descer, e ele não está a fim, precisa descer, e o Knut levanta, vai até a porta, apaga a luz, desce as escadas, e então dá de cara comigo, lá onde eu estou, rente à porta de entrada, já descalcei os sapatos mas ainda estou de casaco, exatamente como nos velhos tempos, o Knut pensa, tudo é como antes, eu estou ali, no corredor, na entrada da casa, descalcei os sapatos, mas ainda estou vestindo o casaco, e o Knut não vê a mulher dele, só a mim, ali onde estou, e tudo é como antes, ele pensa, assim como foi há muito tempo, e então a mulher dele diz alguma coisa, mas ele não escuta, não quer escutar, é tudo como antes, faz muito tempo, eu no corredor, bem na entrada, sem os sapatos, mas com o casaco, e o Knut sorri, sorri de orelha a orelha, e ele desce as escadas, vem até o corredor, e me diz para entrar, vamos para a sala, ele diz, e o Knut pensa que agora tudo é como antes, vamos deixar de bobagem, tudo é como antes, tudo está bem agora, e o Knut fica no vão da porta da sala, parado ali, e pensa que agora está tudo certo, e a mulher dele está na sala, ela diz alguma coisa, preciso perguntar a ela o que ela fez, olhou para mim daquele jeito, foi comigo até a ilhota ontem, nós dois fomos, preciso perguntar a ela, descobrir o que aconteceu, é sempre assim, e ele precisa dizer alguma coisa para a mulher, responder ao que ela perguntou, não suporta mais, alguma providência ele tem que tomar, então a mãe do Knut estica a cabeça pelo vão da porta da cozinha, e o Knut olha para ela, ela sorri, e de novo é tudo como antes, tudo voltou a ser o que um dia foi, não aconteceu nada, e então a mãe bate as mãos, e tudo foi tanto tempo atrás, a mulher dele, ela olha para mim daquele jeito, foi passear de barco comigo, fica me procurando pela rua, vai até a minha casa, a garota naquele baile, não foi nada, o Knut pensa, e vê a mãe dele batendo as mãos, ouve-a dizer alguma coisa, tudo foi há tanto tempo, e o Knut entra na sala, tudo aconteceu faz tanto tempo, hoje as coisas estão completamente diferentes, e ele pensa que não suporta mais, isso precisa ter um fim, e ele grita, e a voz dele soa estranhamente ríspida, quase hostil, ele grita para a mãe dele vir para a sala também, e fala de um jeito tão rude, o Knut pensa, e vai até a janela, admira a vista da janela, não aguenta mais isso aqui, ele pensa, e apoia os cotovelos no peitoril, olha lá fora, olha para a baía, e vê o barco, ontem ela estava no fiorde, na ilhota, eu e ela estávamos na ilhota, o Knut pensa, e pensa que precisa perguntar a ela o que estávamos fazendo lá, hein, o que diabos estávamos fazendo lá, e então o Knut olha em volta, diz alguma coisa para mim, e o Knut pensa que tudo que precisa fazer é falar alguma coisa, só precisa dizer uma coisa qualquer, uma coisa banal, e o Knut vê a mulher sentada no sofá, debruçada num canto, e o Knut a ouve dizer alguma coisa para mim, tem vontade de falar, de um jeito normal, sobre coisas banais, nada em especial, e o Knut se ouve dizendo algo, nem repara direito no que diz, afinal ele tem que dizer alguma coisa, e então eu menciono o baile do povoado, amanhã, tenho que falar disso o tempo inteiro, pois sinto tanto orgulho em poder tocar que acabo insistindo no assunto, é sempre assim, quero que a mulher dele vá, de preferência sem ele, por isso fico martelando sobre a festa do povoado, só coisa sem importância, minha vida não deu em nada, eu não faço nada, só toco um instrumento acompanhado por um acordeonista medíocre, e sinto orgulho disso, aquela garota no baile, o que aconteceu, tinha que acontecer, e também tem aquelas meninas azucrinando, deveriam estar na cama há muito tempo, e ela ali deitada no sofá, arreganhando as pernas, as meninas fazendo um escarcéu no corredor, coisa dos infernos, ela ali deitada no sofá, e eu sentado numa poltrona, no centro da sala, atrás do Knut, e ela ali deitada no sofá, dizendo que quer muito ir à festa do povoado, quer muito me ouvir tocar, ela diz, e as meninas fazendo a maior confusão no corredor, e está tarde agora, elas deveriam ter ido para a cama há muito tempo, e o Knut pensa que agora não aguenta mais, precisa fazer alguma coisa, e se levanta, vai até o corredor, tentar sossegá-las um pouco, pelo menos, ele pensa, e vai até o corredor, passa e fecha a porta, e diz para as meninas que elas precisam se comportar, a mamãe já está vindo, hoje quem vai levar elas para a cama é a mamãe, e as meninas se aquietam, vão até a escada, sentam no primeiro degrau, e olham para ele, agora elas têm que ficar quietinhas, o Knut diz, e pensa que chegou a hora de a mulher tomar uma atitude, não pode só ficar ali na sala comigo, precisa fazer alguma coisa também, ele pensa, e o Knut vai até a porta da sala, diz que a mulher precisa fazer alguma coisa e pôr as meninas para dormir, e ela se levanta, sorri para mim, ela sorri para mim daquele jeito, e então faz o que ele disse, dá de ombros, e vai andando, nem sequer olha para ele, o Knut pensa, olha através dele, diz qualquer coisa sobre sempre ter que fazer isso, diz qualquer coisa sobre ele sempre poder ficar se divertindo, e o Knut fecha a porta, volta para a sala, não pode ir até a janela, não pode se sentar ali agora, tem que falar comigo, ele pensa, precisa conversar comigo sobre amenidades, falar sobre coisas banais, tem que sentar no sofá, e o Knut hesita um pouco, e então vai e senta no sofá, e eu sento na poltrona, no centro da sala, e olho para a janela, e nós dizemos alguma coisa, sobre um assunto qualquer, uma conversa à toa, o Knut pensa, e ele vê que eu levanto, vou até a janela, paro diante da vidraça e contemplo a paisagem, e o Knut pensa que agora estou com o olhar perdido na direção do fiorde, olhando para o barco que a mulher dele pediu emprestado ontem, que agora estou pensando no corpo dela, ali na ilhota, no lusco-fusco do entardecer, olhando para o barco dela, o barco que ela pediu emprestado, mas eu aparento estar tão calmo, então não pode ser isso, o Knut pensa, eu só estou ali parado admirando a paisagem, sem dizer nada, e o Knut levanta, fica ao meu lado, olha pela janela, e tudo é quase como nos velhos tempos, a mulher dele não está na sala, estamos só eu e ele, o Knut pensa, alguma coisa dos velhos tempos ainda persiste na sala, a nossa banda, fumar escondido, as festas, as caixas e caixas de cerveja depois que nos apresentávamos, e sentávamos cada um com sua garrafa de cerveja, e as garotas que ficavam depois do baile não arredavam pé da frente do palco até o salão esvaziar por completo, até começarmos a recolher o equipamento, e o Knut se lembra de trazer algo para bebermos, talvez possa me oferecer algo para beber, ele pensa, e falamos sobre o fiorde, sobre pescar no fiorde, e o Knut diz que pode me oferecer alguma coisa para beber, quer saber se eu não gostaria de tomar algo, e então vai buscar a bebida e os copos, e o Knut senta numa poltrona que está diante da janela, e o Knut me vê arrastando a poltrona que está no centro da sala, e então sentamos bem próximos, diante da vidraça, e o Knut pensa que isso precisa ter um fim, ele não aguenta mais, não é possível continuar assim, a sala está ficando escura, ele pensa, é preciso iluminar isso aqui, ele pensa, ele tem que acender a luz, uma vela, e o Knut me ouve perguntar se a mulher dele já foi dormir, e ele responde qualquer coisa, é lógico que eu preciso perguntar pela mulher dele, ele pensa, fico ali de conversa fiada, ele pensa, e ela ainda não deve ter ido dormir, ele diz, já deve estar descendo, ele diz, e ele acha que estou aqui por causa da mulher dele, ele esbarrou em mim ontem, em plena rua, fazia muito tempo desde que nos vimos pela última vez, tinha que ser, isso não pode continuar, e o Knut me ouve dizer alguma coisa, e então diz que eu não tive muitas namoradas, não foi, mas nós fomos passear pelo fiorde, eu e a mulher dele, e o Knut sorri, entorna a bebida num só gole, serve mais uma dose, e o Knut acha que tem que dizer alguma coisa, precisa dizer que sabe de tudo, a mulher dele já contou tudo, precisa dizer alguma coisa, então comenta que eu também não gosto de viajar, foi o que a mulher dele disse, ele diz, e depois que ele diz isso, tudo se transforma novamente, ele tem essa impressão, e o Knut pensa que agora voltamos a conversar bobagens, é assim que deve ser, mas a minha voz soa tão estranha, o Knut pensa, e então ele tem que perguntar se eu não gosto de trabalhar, e o Knut pensa naquele baile, naquela ocasião, ele não sabia que eu estava de olho na garota, como ele poderia saber, hein, ele não tinha como saber, e então o Knut ouve ruídos ecoando pela escada, levanta a cabeça, pega o copo, bebe, serve mais uma dose, e os passos pela escada, o Knut ouve, e bebe, e a mulher dele entra na sala, foi rápido hoje, ele pensa, as meninas até que dormiram rápido hoje, e então ela me olha daquele jeito, o Knut pensa, e então ela também sente vontade de beber alguma coisa, ela vai buscar uma garrafa de vinho, ela diz, agora ela vai encher a cara, o Knut pensa, e então vai começar, ele acha, e então pensa que não pode simplesmente ficar ali sentado comigo, sem dizer nada, precisa dizer alguma coisa, ele pensa, e por que eu não bebo, tenho que beber, hein, ele diz, e o Knut bebe, serve mais uma dose, a mulher dele, agora ela vai beber, flertar comigo, olhar para mim daquele jeito, ele pensa, é sempre assim, e a mulher dele entra na sala, empina os seios, ri, rebola, tudo isso segurando um copo comum, um copo ordinário, reclamando que não tem taças decentes naquela casa, precisa falar dessa maneira, precisa, é sempre assim, o Knut pensa, toda vida, a mãe dele, ela deve estar na cozinha, passa a maior parte do tempo na cozinha, sempre foi assim, mas agora ela quase nunca vem até a sala, não quando eles estão aqui, a mãe, não tem taças decentes nesta casa, a mulher dele diz, mas vai beber o vinho mesmo assim, ela diz, e a mulher dele senta, se deita no canto do sofá, se inclina sobre o braço do sofá, empina os seios, e olha para mim daquele jeito, e afasta as pernas, lentamente vai deslizando uma perna para longe da outra, arreganha as pernas, não deveria ser assim, mas é, sempre provocando, as pernas escancaradas, ela põe a garrafa de vinho entre as pernas, enfia o saca-rolhas na rolha, e o Knut olha para mim, eu estou olhando fixamente para a frente, pela janela, e o Knut acha que agora ela vai fazer algo excitante, mostrar como é durona, e o Knut me observa olhar de lado, na direção da mulher dele, e se oferece para ajudá-la com a rolha, e ela recusa, e o Knut acha natural ela recusar, é sempre assim com ele, é sempre assim, precisa ser sempre assim, então eu levanto, óbvio, agora nós dois vamos humilhá-lo, é muito melhor foder desse jeito, e sim, ele compreende, é assim que é, e me observa abrir a garrafa de vinho, e ela ficar sentada ali, de pernas arreganhadas, e eu e a mulher dele sentamos e sorrimos um para o outro, trocamos sinais secretos, debochamos dele, o Knut pensa, e ele tem que dizer isso, me dizer para parar com isso, para deixar a mulher dele em paz, porra, e diz que eu gosto da mulher dele, e ela gosta de mim, ele diz, e ela diz mas é claro que gosta de mim, ela diz que está fazendo de tudo para me seduzir, o Knut está obcecado achando que outros homens vão foder com ela, ela diz, ele é assim, ela diz, e o Knut fica sentado olhando pela janela, escurece, o copo dele está sobre o peitoril, e ele me ouve dizer que preciso ir para casa, e o Knut acha que nem vale a pena dizer nada, melhor calar, ficar mudo, e então se vira, olha para mim, insiste para eu ficar um pouco mais, e o Knut pensa por quê, tem algum motivo para ter me pedido para ficar, por que ele falou isso, e então ouve a mulher dele dizer alguma coisa, que eu fique mais um pouquinho ou coisa parecida, ela diz, e o Knut se virou de novo, olha pela janela, então insiste para que eu fique, aqui tem bebida e mulher, ele diz, preciso ficar mais um pouquinho, ele diz, e agora ele não aguenta mais, ele pensa, agora ele não dá mais a mínima, não tem importância, ele não dá mais a mínima, não quer mais saber o que aconteceu na ilhota, ela nunca vai contar mesmo, não importa, ele vai só tomar mais um pouco de uísque, caubói, para se anestesiar, ela que fique ali me agarrando, trepando em mim, é isso que ela quer, então tanto faz essa porra, ela pode mandar ver, fazer a merda que quiser, ele não vai dizer nada, ela pode fazer o que bem entender, trepar o quanto quiser, o Knut pensa, então ele se vira, e o Knut vê a mulher com um braço em volta das minhas costas, apoiando-se em mim, segurando o copo na outra mão, ela que faça o que quiser, o Knut pensa, então ele olha para mim, diz que a mulher dele é assim mesmo, se ao menos já estivesse embriagada, mas nem isso está, ela é assim, ele diz, e o Knut me ouve dizer que eu preciso ir para casa, e o Knut se vira e me vê caminhando para o corredor, e vê a mulher indo até ele, e ela se senta na outra poltrona diante da janela, e o Knut pensa, o que ela quer agora, o que vai acontecer agora, e então pergunta o que é que ela quer de verdade, afinal, o que ela deseja, o que ela está tentando fazer, e o Knut me vê enfiar a cabeça pelo vão da porta, e me ouve dizer que amanhã tem o baile do povoado, quem sabe eu os encontre por lá, o Knut me ouve dizer, e o Knut acha que eu não vou desistir tão fácil da mulher dele, quero trepar com ela amanhã, ele pensa, e o Knut me vê passar pela porta, me ouve fechar a porta, e o Knut se vira para a janela, e olha fixamente pela janela, e comenta em voz alta, sem virar o rosto, que não sabe o que ela quer, o que ela está tramando, ele diz, e olha pela janela, e escureceu bastante agora, ele repara, o rosto dele se reflete no vidro da janela, e o Knut ergue o copo, brinda consigo mesmo, com a própria imagem refletida, e a mulher dele está sentada numa poltrona ao lado dele, diante da janela, e pergunta o que ele está fazendo, se ele não tem outra coisa para fazer, ela pergunta, e o Knut não responde, bebe mais uísque, e o Knut não diz nada, e a mulher dele levanta, pega a garrafa de vinho, e então diz que não, não faz sentido ficar sentada ali, ela vai deitar, ela diz, e o Knut pode, se quiser, tentar enfiar a rolha de volta na garrafa, ela está pela metade, ela diz, e então põe o copo em cima do aparador, vai até a porta, deixa a porta entreaberta, e o Knut escuta os passos dela subindo a escada. O Knut olha pela janela, se recosta na poltrona, apoia um dos pés no peitoril da janela. Ele repara na vidraça, agora escureceu quase por completo, e a sala inteira está refletida na janela. O Knut pensa no que fazer, e se dá conta de que está cansado, e a mãe dele já foi dormir, nem sequer veio até a sala, ela me ouviu passar pelo corredor, e só então deu o ar da graça, e depois, onde se enfiou, o que andou fazendo, ninguém sabe. O Knut bebe o restinho no fundo do copo, levanta, e repara na garrafa de vinho aberta sobre a mesa, e pensa em arrumar a sala, tem que levar as garrafas e os copos para a cozinha, ele pensa, está cansado, é melhor ir deitar, está cansado, e o que ele vai fazer com a garrafa de vinho, melhor jogar fora o que sobrou, ele pensa, e então o Knut vai até a cozinha, esvazia o restante do vinho na pia, joga a garrafa na lata de lixo, pega a jarra de água e os copos, arrasta a poltrona que estava junto à janela de volta para o centro da sala, junto da mesinha redonda, então apaga a vela que ficou acesa, pega a garrafa de uísque, sobe as escadas e, antes de entrar no quarto onde ele e a mulher dormem, espia no quarto das filhas, elas dormem um sono profundo, a mais velha revirou o cobertor, e o Knut vai e a cobre direitinho, então entra no quarto onde ele e a mulher dormem, está escuro, e o Knut não quer acender a luz, poderia acordar a mulher, caso ela estivesse dormindo, e ele não está a fim, quer ter paz agora, ele pensa, não aguenta mais, e o Knut percebe que está mais calmo agora, não está bêbado, apenas mais calmo, mais cansado, e quer deitar, dormir, e o Knut tira a roupa, deita na cama e se enfia sob as cobertas, o mais distante possível da mulher, e o Knut cai no sono, e no dia seguinte, quando acorda, está sozinho na cama, sente o corpo dolorido e a testa febril. O Knut fica deitado, pega um livro, tenta ler, e então ouve a correria na escada, passinhos subindo os degraus, e então vê a filha mais velha surgir na porta, e ela diz que ele precisa levantar, criatura, vai passar o dia inteiro deitado aí, já está na hora de acordar, a vovó já vai servir o almoço, a menina diz, e o Knut diz que sim, ele já vai levantar, está indo, e a menina vai embora, e o Knut fica em pé, se veste, desce. O Knut entra na cozinha e todas já estão sentadas em volta da mesa. Ele senta, e a mãe diz que de manhã ele é muito preguiçoso. A mulher está ali do lado, e não olha para ele, apenas fica ali sentada, de novo, vai começar tudo de novo, o Knut pensa, já foram dois dias assim, e não melhora, hoje é sábado, festa do povoado, logo ela vai começar a perguntar se eles não vão para a festa do povoado, ele com certeza está com vontade de ir, ela vai dizer, se o Knut não quiser ir ela vai dar uma passadinha assim mesmo, ela dirá, quer ir de qualquer maneira, e então vai dizer que quer dar uma volta, passear pela rua, e o Knut sabe que ela quer mesmo é me encontrar, e o Knut vai perguntar o que ela estava fazendo na ilhota, pare já com disso, ela vai dizer. O Knut senta na cabeceira da mesa da cozinha, e não diz nada, ninguém fala uma palavra, e a mãe dele põe a comida na mesa, nem as meninas dizem nada. Depois do almoço o Knut avisa que vai ficar pelo jardim, quer ler um pouco, ele diz. O Knut sai, e em seguida chegam a mulher e as filhas. Ela diz que elas vão dar uma volta, talvez dar uma passada na cooperativa, tomar um sorvete com as meninas, e pergunta se o Knut gostaria de ir junto. Ele diz que não, prefere ficar ali, quer ler um pouco, ele diz. O Knut vê a mulher e as filhas caminhando pela rua, e pensa que agora ela está vindo me encontrar, já, é só isso que ela quer, não pensa noutra coisa, só tem um desejo, nada mais, sempre a mesma coisa, não pode ser diferente, e hoje à noite, festa do povoado, e vou tocar guitarra, acordeão e guitarra, música folclórica, não está com a menor vontade de ir, mas ela fincou pé, tem que ir. O Knut está sentado no jardim tentando ler. Não consegue se concentrar e larga o livro. O Knut acha que agora a mulher dele está vindo atrás de mim, caminhando sem pressa pela rua, quer mesmo é me encontrar, passear com as meninas é só um pretexto, e o Knut vê a mulher voltar, uma menina em cada mão, ela sorri para o Knut, diz que está um dia lindo de verão, comprou guloseimas para as meninas, ela diz, é sábado, elas vão ficar em casa com a avó, enquanto ela e o Knut vão para a festa do povoado, elas bem que mereciam umas guloseimas, não é, ela diz, e o Knut assente, as meninas entram, e a mulher dele senta no banco ao lado do Knut, e o Knut não sabe bem o que dizer, não pode perguntar o que ela estava fazendo na ilhota nesse momento, não dá, e ela diz que eles têm que ir ao baile, só dar uma passadinha que seja, só para ver como é, e o Knut assente, diz que eles podem ir, e então ela diz que ele não precisa ser tão negativo assim diante de tudo, não é possível isso, não faz mal encontrar pessoas que ele não vê há muitos anos, não tem por que se preocupar com o que dizer a elas, ninguém dá a mínima para essas coisas, ela diz, e o Knut não responde, então ela levanta, entra, e o Knut volta a abrir o livro, tenta ler. O Knut está sentado no jardim e tenta ler. Ele não consegue, não consegue se concentrar, e vai até o sótão, deita na cama, tenta ler, cochila, e dorme até a hora em que a mulher chega gritando que é hora de acordar, as meninas estão dormindo, ela diz, e se eles vão mesmo para a festa do povoado é hora de se aprontar e sair, o baile até já começou, ela diz, e o Knut senta na cama, esfrega os olhos sonolentos, sente uma moleza no corpo, não responde imediatamente, e a mulher dele diz que vai buscar umas roupas, desce, ela vai se aprontar primeiro, e o banheiro vai ficar ocupado alguns minutos, ele pode ficar se espreguiçando um pouco, ela diz. Então ela sai. O Knut levanta, veste a roupa e pensa que não está com a menor vontade de ir para essa tal festa do povoado, todo mundo estará lá, os velhos conhecidos, ele não quer, não sabe o que dizer a eles, mas a mulher dele, ela quer ir, não há o que fazer, o jeito é ir junto, voltar para casa o mais rápido que der, entrar e sair, por assim dizer, ele pensa, e o Knut toma uma dose de uísque, espera um pouco, toma mais uma, e então resolve levar a garrafa consigo, era sempre assim nos velhos tempos, e vai ser assim hoje à noite, ele pensa, e o Knut desce as escadas, vai até o corredor, pega o casaco, enfia a garrafa no bolso interno, e fica no corredor esperando a mulher, ela vem, e então o Knut avisa à mãe que eles já estão de saída, vão dar uma passada no baile, e assim que termina de falar, sem refletir a respeito, se dá conta de que era sempre assim, muitas vezes fez exatamente dessa maneira, mas já faz muito tempo, e agora, de repente, por um breve instante, já não passou tanto tempo afinal, agora é como se sempre tivesse sido assim, da mesma maneira como era anos atrás, alguma coisa está acontecendo, e a mãe dele vem até a porta da sala, sorri, diz para eles se divertirem, ela já está muito velha, ela diz, e então o Knut e a mulher dele, eles atravessam a rua, vão caminhando um ao lado do outro, em silêncio, e o Knut pensa que não suporta isso, não consegue entender por que ela quer tanto ir para a festa do povoado, não é difícil entender, ela quer me ver no palco, me ver tocar, quer poder me ver, e então, depois, quer ficar comigo, é isso, e aquele baile, aquela garota, não foi por mal, e fiquei tão estranho depois, retraído, não quis mais ensaiar, mal comparecia às apresentações da banda, e o Knut pensa que não tinha como saber, era uma garota qualquer, se ele ficou conversando à toa com ela um pouquinho, que mal havia nisso, hein, não queria dizer nada, como ele poderia saber, o Knut pensa, e agora ele tem que encontrar pessoas que não via fazia muitos anos, tem que conversar com elas, puxar assunto, tem que contar a elas o que ele anda fazendo, e ele fica sempre tão constrangido, e a mulher dele, me encontrar, tocando música folclórica, por que ele tem que se deixar afetar tanto, não é preciso, ele não suporta isso, o Knut pensa, e pega a garrafa, dá um gole, eles continuam caminhando, e chegam no alto de um morro, o povoado se descortina, a estrada contorna uma baía, termina no Centro da Juventude, e então o Knut avista o Centro da Juventude, todo iluminado, gente aglomerada lá fora, uma longa fila de carros, a festa já começou, o Knut pensa, e eles vão para o Centro da Juventude, nem o Knut nem a mulher dizem nada, apenas vão. O Knut acha isso aqui insuportável, não gosta, não consegue entender por quê, nunca deveria ter vindo, veio obrigado, por causa dela, não estava com a menor vontade, e eles chegam ao Centro da Juventude, e o Knut vê um monte de gente no pátio em frente, muita gente, e precisa passar apressado, não suporta ter que falar com ninguém, não quer ver ninguém, e a mulher dele vai um pouco atrás, só alguns metros, e o Knut passa apressado, entra pelo corredor, vai até a bilheteria, e não conhece a pessoa que está lá, nunca a viu antes, e o Knut compra os ingressos, ele percebe que a mulher está atrás dele, um pouco atrás, e se vira, entrega a ela um ingresso, e então eles vão até a porta de entrada, e o Knut repara que o salão está quase lotado, e então ouve a música, ele olha para o palco, e vê onde estou, um pouco à direita, um pouco atrás do acordeonista, e o Knut me vê dedilhando a guitarra, a mesma batida sincopada, os mesmos acordes, e o Knut pensa que tocar uma valsa é isto aí: a mesma coisa se repetindo toda vez, e então o Knut sente que a mulher dele lhe cutuca as costas, ele entrega o ingresso, entra, e o Knut pensa que eu estou no mesmo lugar em que costumava ficar no palco, um pouco recuado, um pouco à direita de quem entra no salão, e é quase como era sempre, o Knut pensa, ele subiu muito naquele palco, inúmeras vezes, ele pensa, em tantas ocasiões, e fazia frio, o salão vazio, um aquecedor elétrico ficava num canto do palco, e os dedos enrijeciam, e então tínhamos que tocar, ensaiar novas canções, revisitar o velho repertório inteiro, e agora sou eu quem está ali, como sempre estive, mas agora estou tocando uma música folclórica, o Knut pensa, e percebe a mulher se aproximar dele, ele não suporta isso aqui, as pessoas o reconhecem, tem que puxar conversa, perguntar, responder, e ali, no meio da multidão, uma garota que foi da sala dele, ela casou, engordou, o cabelo dela agora está curtinho, cacheado, ela vem abordá-lo, e sorri, mas olhe só, há quanto tempo, tantos anos, tanta coisa aconteceu, ela diz, e o Knut não sabe o que dizer, fazer, diz que sim, faz muito tempo, tempo demais, e então ela quer saber se ele constituiu família, teve filhos, pergunta sobre a esposa, e o Knut pensa que precisa encontrar alguma coisa para dizer, então pergunta se ela não quer dançar, e ela responde que sim com um meneio de cabeça, depois de tantos anos, sim, vamos já dançar, sim, ela diz, não é sempre que eles podem dançar juntos, não, ela diz, é uma ocasião muito rara. O Knut passa os braços em volta da antiga colega de sala, ela passa os braços em torno do Knut, e então eles valsam, rodopiando pelo salão, faz muito tempo que ele não dança, mas ainda se lembra dos passos, ele conduz a antiga colega de sala elegantemente, com movimentos graciosos, é mais simples do que o Knut imaginava, e ele olha para a porta, procura a mulher, e ela está lá, e o Knut continua dançando, então dá com os olhos na mulher, ela está conversando com um homem mais velho, perto da porta, e o Knut diz para sua parceira de dança que aquela lá é a mulher dele, aquela que está perto da porta, e a mulher com quem ele está dançando diz que aquele é o marido dela, o homem que está conversando com a mulher do Knut, ela diz, e então o Knut sorri, e eles seguem dançando. A valsa termina, e o Knut diz que foi bom dançar valsa como antigamente, faz tanto tempo, e a garota da sala dele diz que eles podem dançar a próxima também. O Knut diz que gostaria muito, e então diz que não me via tocar desde que tocávamos juntos, e a mulher com quem ele está dançando diz que sempre vem me ver tocar, ele é o nosso guitarrista, ela diz, não tem baile decente se ele não estiver no palco, ela diz, e então ri, e o Knut faz menção de dizer alguma coisa, mas a música começa, é uma modinha agora, e o Knut termina de dizer, antes de começar a dançar, que é difícil demais para ele, mas a antiga colega de sala toma a iniciativa e eles vão dançando, e o Knut pensa que consegue, não, ele não esqueceu como faz, e então espia na direção da porta, procurando a mulher, mas ela sumiu de vista. O Knut dança, e enquanto dança tenta encontrar a mulher, e então ele a vê, mais adiante, no banco, ela está sentada sozinha ali, olhando para mim, os olhos dela brilham. O Knut dança, ele tenta se concentrar na dança, e dança, olha para a mulher, e ela está sentada sozinha no banco, e não tira os olhos de mim. A música termina, e o Knut agradece à antiga colega de sala pela dança, diz que vai dar uma volta, tomar um pouco de ar, essa coisa cansa, não é algo a que ele esteja acostumado todo dia, não, suei bastante, ele diz, e então caminha até a porta, pega o ingresso, vai lá fora, e o Knut pensa que agora não pode olhar para os lados, para não ver ninguém, não quer encontrar ninguém, e a mulher dele, ela está sentada na ponta do banco, sozinha, sentada no banco comprido rente à parede, e olha para mim, fica ali sentada me encarando, e o Knut pensa que precisa ir lá fora, não quer isso, foi divertido dançar, divertido reencontrar a colega de sala, mas ele não quer isso, a mulher dele, não quer ver ninguém agora, e o Knut saiu, e começou a caminhar pela rua, apressado, passando pela fila de carros estacionados, rápido, carros vazios, jamais deveria ter vindo, mas agora, agora ela que fique sentada ali, não pode ser assim, não dá, e o Knut atravessa a rua, não quer encontrar ninguém, já reconheceu vários rostos, já desviou o olhar, não quer encontrar ninguém, quer ir embora, voltar para casa, não faz sentido isso aqui, essa dança, aquela garota, não entende, ele não sabia, não é mesmo, e agora, precisa entrar de novo no salão, encontrar a mulher, chamá-la para ir embora, chegar em casa, não pode simplesmente ir andando pela rua assim, e o Knut para, muda de ideia, dá meia-volta, e então volta apressado e determinado para o Centro da Juventude, não quer mais isso, ele pensa, precisa voltar para casa, agora, ele pensa, e passa pela pequena multidão aglomerada no pátio em frente, alguns olham para ele, e o chamam, o chamam pelo nome, mas o Knut simplesmente sobe as escadas com duas passadas largas e se apressa pelo corredor, ele ouve os gritos atrás de si, mas segue em frente, finge que não ouviu nada, entrega o ingresso, atravessa o corredor, olha em volta, perscruta cada rosto que vê pela frente e não encontra a mulher, e então avança até o palco, ela não está mais sentada sozinha no banco, e o Knut dá uma volta pelo salão, está lotado agora, por toda parte tem gente, a fumaça de cigarro é espessa, ele vagueia pelo salão, esbarra em casais dançando, mas não a vê, a casa está lotada agora, e o Knut não vê a mulher, e então tem a ideia de vir até mim, perguntar se eu a vi, e então tem certeza, ela está comigo, ele sabe onde ela está, só pode estar na coxia, ele sabe onde ela está, o Knut pensa, e ele olha para mim, percebe na expressão do meu rosto que sei onde ela está, e o Knut abre caminho pelo salão, até a beira do palco, e o Knut acena para mim, pergunta se eu sei onde a mulher dele está, e o Knut me vê hesitar um pouco, então balançar a cabeça, e então o Knut diz que ela deve ter ido para casa, e pensa que ela está comigo, era o que ele suspeitava, ele está absolutamente convencido disso, o Knut pensa, e então dá mais uma volta pelo salão, e o Knut pensa que não faz sentido isso, mas mesmo assim dá mais uma volta pelo salão, não se pode saber ao certo, ele faz isso para chamar a minha atenção, fingindo não saber o paradeiro dela, ele pensa, e percorre o salão, deveria voltar para casa agora, qual o sentido disso, e o Knut repara no olhar daquela mulher com quem estava dançando, ela está olhando para ele, não olhe, volte para casa, agora, não olhe em volta, vá embora, ele vai até a saída, e o porteiro lhe entrega o ingresso, mas o Knut recusa, passa reto, pelo corredor, sem olhar para os lados, sai, eles estão lá, olham para ele, não é possível se desvencilhar agora, e então o Knut ouve alguém dizer que não pode ser, mas é sim, há quanto tempo, como vão as coisas, sou professor de música, ah, mas tinha que ser alguma coisa relacionada a música, e ficam em silêncio, e o Knut diz que foi um prazer revê-los, precisa voltar para casa, está na hora, mas faz tanto tempo desde a última vez, eles dizem, precisa voltar com mais frequência, eles dizem, manter contato, eles dizem, e o Knut promete que vai fazer isso, voltar com mais frequência, ele diz, e então vai embora, se despede, e o Knut vai, caminhando pela rua, precisa chegar em casa, talvez a mulher tenha ido para casa, ele está convencido disso, ele pensa, com certeza ela foi para casa, já deve ter voltado, comigo, ela está comigo, sentada na coxia, nesse instante, foi por isso que ela quis vir para a festa do povoado, não tinha outro motivo, só esse, só para me ver, o Knut pensa, e ele vai, percorre a fila de carros, a caminho de casa, encontrou colegas de colégio, uma turma diante do Centro da Juventude, colegas de sala, fazia tanto tempo, não foi tão ruim reencontrá--los, foi quase como antigamente, mantém o passo, aquela garota, aquele baile, não foi nada de mais, eu fiquei tão estranho, retraído, não queria mais ensaiar, segue em frente, esqueceu completamente do uísque, ele pensa, quase não bebeu, e então pega a garrafa, dá um gole, continua andando, se apressa para chegar em casa, voltar para casa, a mulher dele só pode estar em casa, o Knut pensa, tem que estar, não foi nada de mais, ele só queria, e o Knut avista a casa, está às escuras, precisa fazer silêncio agora, para não acordar a mãe, ele pensa, e abre a porta da frente com cuidado, sobe as escadas até o sótão, entra no quarto, a mulher não está lá, ele vai ver as filhas, elas estão deitadinhas dormindo, bem que ele desconfiava, tinha que ser assim, o Knut pensa, ele não sabe o que fazer, desce, tenta pensar em alguma coisa, e o Knut desce as escadas em silêncio, sente vontade de sair, ele pensa, sentar lá fora, esperar, a mulher dele está comigo, ele pensa, lá atrás do palco, sentada ali, precisa sair, esperar, sentar no jardim, esperar, ela já deve estar a caminho, e o que foi que nós fizemos, assim não dá mais, tinha que ser, e o Knut senta no jardim, faz frio, ele puxa o casaco cobrindo o corpo, sente o volume da garrafa no bolso, toma um gole, põe a garrafa no chão, cruza os braços, abraça o peito, e agora um fluxo de carros começa a deixar a festa do povoado, ela deve estar chegando, ele pensa, está comigo, sentada ali atrás do palco, aquela garota, naquele baile, não foi nada de mais, não tinha como saber, essas coisas acontecem, não foi por mal. O Knut está sentado no jardim, cruza os braços, abraça o peito, se encolhe inteiro. O Knut vê carro atrás de carro passando pela rua, e pensa que ela deve estar chegando, agora ela tem que vir, e imagina que ela vem andando apressada pela rua, e então o Knut pensa que ela vai dizer, meio ofegante, que passou a noite procurando por ele, por onde ele andava, simplesmente foi embora, ela não conseguia encontrá-lo, e então o Knut tem a impressão de que ouve a voz dela, lá da rua, e não move um só músculo, e o Knut pensa que ninguém vai conseguir encontrá-lo ali, está escuro, ninguém conseguirá vê-lo, é só ficar quieto, agora ela deve estar a caminho, ele pensa, ela deve estar comigo, nós dois de mãos dadas, paramos, ela me beija no rosto, e o Knut ouve passos ao longe, são duas pessoas que vêm andando, agora ele tem certeza, e então ouve a voz dela, é a voz dela, mas o que ela diz ele não consegue escutar, só sabe que é mesmo a voz dela, e o Knut fica imóvel, e então a ouve dizendo que quer caminhar comigo um pouquinho mais, e ninguém responde, ela quer ir comigo, ela diz, não quer voltar para casa, e ela diz que pode me fazer companhia, não tem problema, não custa nada, ela diz, e o Knut não me ouve responder, eu não digo nada, e o Knut ri sozinho, balança levemente a cabeça, quanta estupidez, ele pensa, não aguenta mais, ele pensa, agora chega, e então ele a ouve dizer que quer ficar comigo, não quer voltar para casa, ela diz, e o Knut se dá conta, não dá mais, é muita estupidez, não aguenta mais, não pode ser, e o Knut levanta, lentamente, e desce a ladeira, vai até o acostamento, para ali e fica olhando, e ouve que a mulher dele e eu caminhamos pela rua, e então paramos, perto da casa de barcos, e o Knut pensa que não pode ser, não sabia nada a respeito, não tinha como saber, não dava, e a mulher dele estava sentada na coxia, e eu disse que não sabia onde ela estava, então é assim, o Knut pensa, e a ouve dizer alguma coisa, não consegue escutar o quê, ela deve ter dito que eles não podem ir para a minha casa, a minha mãe está lá, temos que ir para outro lugar, ela certamente diz, e eu digo bem, tem a casa de barcos, talvez possamos ir para a casa de barcos, e então, ao mesmo tempo, ela acaricia minha barriga, desce a mão até a virilha, e então o Knut ouve o farfalhar dos passos pela grama, agora estamos indo até a casa de barcos, ele pensa, e ali, ele vai ter que entrar, o Knut pensa, talvez não possa, ninguém pode, não fica tão longe, deve conseguir, é isso, deve ser, e então o Knut ouve o rangido das dobradiças, certamente fui eu abrindo a porta lateral, a escotilha, ele pensa, faz muito tempo que não é aberta, nós éramos crianças ainda, com certeza ninguém mais abriu aquilo lá, acho que não, está acontecendo alguma coisa, deve estar, faz tanto tempo, só pode estar, e agora entramos na casa de barcos, subimos a escada, acendemos uma vela, e então vamos trepar, só pode, é isso, o Knut pensa, nada além disso, tenho que entrar agora, tem que ser, é isso, só pode ser, não pode ser outra coisa, tem que ser, só pode ser isso, é isso, estão fodendo agora, só pode, hoje é professor de música, não quer encontrar ninguém, é tímido, retraído, reencontrou as pessoas, da mesma sala, algo acontece, e agora cá estamos nós no sótão da casa de barcos, sentados num banco, feito de redes de pesca, velhas redes de pesca de algodão, enfiadas numa saca, saca de farinha, e agora nós estamos trepando, o Knut pensa, não pode ser, não quer pensar nisso, precisa entrar, não sabe ao certo, quer dizer, deve ser, não pode, alguma coisa está acontecendo, só pode, não pode ser, e o Knut volta para o banco do jardim, senta novamente no banco, pega a garrafa de uísque, dá um gole, se encolhe de novo no banco, faz frio, ela já deve estar vindo, ele pensa, deve estar acabando, a festa do povoado, já deve estar chegando, ele pensa. O Knut está todo encolhido, esperando, e pensa que só pode estar acontecendo alguma coisa, uma trepada, não pode ser, será isso mesmo, nesse frio, ficar sentado ali, quanta estupidez, dormir, todos estão dormindo, e ela sentada na coxia, dentro da casa de barcos, lá em cima, o que está acontecendo, é preciso fazer alguma coisa, não sabe direito, não pode ser isso, tomar uma providência, tanto faz, vai acontecer alguma coisa, e então o Knut ouve passos pela rua, e pensa que já chega, não pode ser, tem que acontecer, deve ser, tarde, frio, ficar sentado ali, então ele ouve passos nítidos pelo caminho, bem audíveis, passos rápidos, e então ele a avista, subindo a ladeira, subindo apressada a ladeira, e ela não o vê, o Knut pensa, ela vai direto para a porta de entrada, abre a porta, entra, não faz sentido isso aqui, o Knut pensa, tenho que perguntar o que ela estava fazendo, naquela noite, na ilhota, preciso saber, ele pensa. O Knut senta todo encolhido no banco, ele não vai fazer mais nada, ele pensa, só quer ficar ali sentado, chega, agora basta, chega de reencontros, ele pensa, e depois de um instante o Knut vê a mulher sair pela porta do quintal, agora ela está ali fora, vai até o quintal e fica olhando na direção da rua, e então o Knut diz que sim, ele está ali, é ele quem está sentado ali, ele diz, e então a mulher vai na direção dele, caminha até ele, e então ela diz que o Knut precisa entrar e ir para a cama, e o Knut diz que já vai, já está na hora, é tarde, ele diz, e então a mulher dele entra, e o Knut pega a garrafa, entra, tranca a porta, em seguida sobe as escadas, espia as filhas, estão dormindo tranquilas, ele vê, e então vai para o quarto, a mulher dele já está deitada, ele vê, então põe a garrafa na prateleira do armário, tira a roupa, se enfia debaixo das cobertas, e o Knut percebe que a mulher finge estar dormindo, mas já não dá a mínima, está farto disso, ele pensa, e o Knut se enfia debaixo das cobertas, faz frio, mas ele sente calor, e ele não sabe ao certo, o Knut pensa, e adormece, não dorme direito, fica ali deitado, revirando na cama, a testa arde, e ele ali deitado, então decide se levantar, sente vontade de dar uma volta, chega disso, o Knut pensa, levanta, veste a roupa, e então sai pela rua, não dá mais, ele pensa, vai caminhando pela rua, e então avista a casa onde eu moro, em seguida me vê, eu estou no quintal, e aceno para ele, mas agora ele não suporta mais, o Knut pensa, chega, ele pensa, simplesmente não está mais a fim, não tem importância, não aguenta mais, e então ele me vê caminhando pela rua, e então o Knut pensa que agora precisa ir em frente, já, não dá mais, não quer falar, precisa ir agora, acabou, basta, precisa ter paz, não está mais a fim, não quer mais falar, simplesmente não quer, está de saco cheio, chega, não dá, não pode mais, paz, agora, sossego, agora não, queria só, de manhãzinha cedo, cheio de gente, agora não mais, de jeito nenhum, o Knut pensa, e então atravessa a rua, e pensa que tem que ir para casa, é o que tem que fazer, às pressas, ir embora, agora não, agora quer paz, está por aqui com isso, não está mais a fim, professor de música, à força, agora não, sem olhar, de manhã cedo, frio, não está a fim, está até aqui, chega, acabou, reencontrar essa gente, saco cheio, tem que dormir, precisa dormir, o Knut pensa, e eu vejo o Knut atravessar a rua, e penso que não é possível que seja assim, algo terrível só pode estar para acontecer, e a angústia é grande, minha mão esquerda dói, a dor irradia pelos dedos. Eu fico vendo o Knut atravessar a rua, ele me dá as costas, e mais tarde, muitas vezes, imaginei ele lá na rua, imaginei ele virando de costas, imaginei ele começando a andar, dando as costas para mim. Sento aqui e escrevo, e não saio mais de casa. Uma angústia tomou conta de mim.

3

EU PASSO OS DIAS SENTADO AQUI, SÓ ISSO. Escrevendo para me livrar da angústia. Não sei se a angústia aumentou ou diminuiu. Sento e escrevo. A minha mãe caminha lá embaixo, e ouço o som da televisão aqui em cima. A mulher do Knut. Uma capa de chuva amarela. A jaqueta jeans. Os olhos dela. A minha mãe. Ela não é tão velha, acaricia meu rosto. Ela caminha lá embaixo, e ouço os passos dela subindo a escada. Ouço o som da televisão. Isso não está direito, ela diz. Você precisa parar com esse negócio de escrever. Precisa sair. Antes pelo menos eu ainda fazia as compras, de vez em quando até fazia uns bicos tocando. Desse jeito não dá, ela diz. Não saio mais de casa, e não encostei na guitarra desde que a angústia tomou conta de mim. Recusei vários trabalhos, até aos ensaios deixei de ir. Não sei, não. A minha mãe. Preciso parar com esse negócio de escrever, a minha mãe diz. Apesar de tudo, era melhor quando eu tocava, ela diz. Sento aqui e escrevo. Não sei, não. Foi no verão que essa angústia tomou conta de mim. Preciso me livrar da angústia. E é por isso que eu escrevo. A minha mãe caminha lá embaixo, e eu fico sentado aqui escrevendo. Ocupo dois quartos no sótão, um deles nem é um quarto de verdade, por assim dizer, é mais um cubículo. O telhado é tão inclinado que quase não consigo ficar em pé. A minha cama fica lá. No quarto só tem a cama. Passo muito tempo na minha cama. É essa angústia. Não leio mais, agora só escrevo. Antigamente costumava ir muito à biblioteca. Depois que a angústia tomou conta de mim, deixei de ler. Não sei, não. Eu escrevo, e então me deito. Não saio mais de casa. É essa angústia. No verão reencontrei o Knut, e o Knut foi embora, eu o chamei, mas o Knut simplesmente foi embora. Costumo ficar deitado na cama. No meu quarto, quase sempre tem uma cortina marrom encobrindo a janela. Não saio mais de casa. É essa angústia, dói a mão esquerda, os dedos doem. Não sei, não. Minha vida não andou, e já tenho mais de trinta anos. Não estudei, nunca tive um emprego fixo. Neste verão, reencontrei o Knut. O Knut hoje é professor de música, tem uma família. Duas filhas. O Knut dança com uma garota da sala. Eu sento aqui e escrevo, tenho uns livros, uns discos. Não escuto mais meus discos. Nunca mais encostei na guitarra desde que comecei a escrever. Escrevo para me livrar da angústia. Ouço o som da televisão lá embaixo, ouço os passos da minha mãe, só isso. É essa angústia. Reencontrei o Knut neste verão, devia fazer uns dez anos desde a última vez que o vi, e então ele veio caminhando na minha direção, dobrando uma esquina. Ele casou. Teve duas filhas. A mulher do Knut. Eu reencontrei o Knut. Foi quando a angústia tomou conta de mim. Foi quando comecei a escrever. Eu e o Knut. Formamos uma banda, com mais dois outros, uma banda de garotos, nós crescemos, começamos a tocar nos bailes, éramos eu e o Knut, ano após ano, ensaiávamos, ganhávamos algum dinheiro, bem cedo nas tardes de sábado carregávamos nosso equipamento, empilhávamos tudo numa velha caminhonete, então dirigíamos algumas horas até chegar num ou noutro Centro da Juventude, talvez os organizadores já estivessem lá, em geral nem estavam, então precisávamos telefonar, depois dar voltas e voltas numa localidade estranha, encontrar a pessoa que tinha as chaves do Centro da Juventude, e então carregar tudo para dentro do salão escuro, caixas de som e estojos de instrumentos, subir ao palco, levar tudo lá para cima, desembalar, ajustar o som, afinar a guitarra e o baixo, então repassar algumas melodias para deixar tudo pronto, depois se abancar na coxia para tomar uma cerveja e fumar um cigarro, ficar ali esperando, dar uma volta pelo palco, dar uma volta ao redor do Centro da Juventude, e ali estava ela, certa noite, ela estava na frente do Centro da Juventude, esperando o baile começar, com uma amiga. Eu a vi parada bem ali. Voltei para dentro, subi ao palco, sentei na coxia, certo de que eu a vira, ela estava lá, bem em frente ao Centro da Juventude, estava lá esperando o baile começar. Eu sento na coxia e o Knut vai até o palco, volta e diz que chegou gente, estamos quinze minutos atrasados, então é melhor começar já, ele diz. Eu e os outros tomamos o resto da cerveja, apagamos os cigarros, vamos para o palco, e eu pego a guitarra, verifico a afinação, está boa, pego a palheta, espero os outros ficarem prontos, e então estamos todos a postos, parados ali, esperando o Knut olhar em volta, e o Knut olha para nós, faz um breve meneio de cabeça, e então começamos, de início nunca totalmente coordenados, e eu olho o salão, e os primeiros já estão lá, um bocado de gente, e procuro pela garota que vi do lado de fora do Centro da Juventude, a que estava com uma amiga, mas não a vejo mais, rente ao palco já estão algumas garotas, alguns garotos, os primeiros já chegaram no salão, algumas garotas já se aglomeram ao longo das paredes, eu fico ali só dedilhando meus acordes, olhando em volta do salão. Alguns garotos se aproximam do palco, olham admirados para os equipamentos. Todo fim de semana é a mesma coisa, tocamos todas as noites de sábado, diversos Centros da Juventude, sempre a mesma coisa. E então dessa vez, a garota, ela está bem diante do palco, eu a vejo parada ali. Teve essa vez, essa garota, os olhos dela. Ela está com uma amiga bem perto do palco, e percebo que ela olha para mim, desvia o olhar, e não me atrevo a olhar para ela, evito os olhos dela. Continuo ali, só tocando meus acordes. Uma turma de garotos está diante do palco, admirando nosso equipamento, eles dizem alguma coisa uns aos outros, conversam com a boca rente ao ouvido do interlocutor. E ela está ali, com uma amiga, e eu não me atrevo a olhar para ela, evito olhar nos olhos dela. Fico só tocando meus acordes. As primeiras músicas estão levemente fora de sincronia, nós vamos em frente, ajustamos o som, ficamos mais coordenados à medida que a noite avança. Ela está bem diante do palco. Eu a vejo ali, ela olha para mim, e desvio o olhar, não me atrevo a encarar. O salão começa a encher, o som melhora, as pessoas dançam, e ela está bem diante do palco, está ali com a amiga, parada ali. As pessoas continuam a chegar. O Knut canta, anuncia as músicas. Nosso repertório costuma ser fixo, eventualmente com algumas poucas mudanças. Às vezes alguém se aproxima, nos intervalos, vem até o palco, nos pede para tocar esta ou aquela canção, quase sempre o sucesso do momento. Se for alguma que tenhamos ensaiado, então o Knut atende o pedido imediatamente, às vezes ele diz que tocaremos depois. Nós tocamos. O salão fica cheio, mais ou menos cheio, só muito raramente chega a lotar. Quase nunca fica vazio. Nós tocamos. Ela está ali diante do palco, olhando para mim, e então olha para baixo. Nós tocamos. Fazemos uma pausa, eu tiro a guitarra do ombro, desligo o amplificador, vou à coxia, pego uma cerveja, acendo um cigarro. Fazemos uma pausa, e tiro a guitarra do ombro, vejo-a parada bem ali diante do palco, conversando com a amiga. Quase todas as nossas apresentações eram iguais, mas então de repente ela apareceu. Todos os fins de semana eram iguais, ano após ano. E então lá está ela. Fazemos um intervalo, estou sentado na coxia, dou uma espiada no salão, alguns começam a ficar mais agitados e passam a falar mais alto. Dessa vez, a garota, os olhos dela, algo estranho que atrai. Próximo número. Voltamos a tocar. Emendando uma canção na outra. Um grupo se reúne diante do palco, prestando atenção em nós. Ela está ali, com a amiga, e olha para mim, mas eu desvio o olhar, não tenho coragem de encarar. O povo dança. Alguns até dão pulos pelo salão. Todas as noites de sábado, semana após semana. Dessa vez, a garota, os olhos dela ali diante do palco, um pouco desajeitada, pequena, olhos grandes, encobertos pela franja, apoiando o peso do corpo numa só perna, e ao redor dela as pessoas dançam, esbarram nela, ela se afasta um pouco, fica parada de novo, do jeito que estava. Ela está diante do palco, ao lado de uma amiga, olhando para mim, e então eu decido encarar, e olho para ela, ela devolve o olhar, e nossos olhares se cruzam, e viramos o rosto, tudo foi tão rápido, e ficamos assim. Nós tocamos, eu estou ali com a guitarra, só dedilhando meus acordes, olho para o salão, e ela está ali, parada diante do palco, e então vejo um sujeito completamente bêbado vir até ela, chamá-la para dançar, ela balança a cabeça, e o sujeito encolhe os ombros e vai embora. Nós tocamos. Eu fico só tocando os meus acordes. O Knut canta. Ela olha para o Knut, o Knut olha para ela. Ela está diante do palco, com uma amiga, e agora reparo que ela está olhando para o Knut, não mais para mim, e o Knut olha para ela. Nós tocamos. Ela fica lá. Música após música. O Knut não tira os olhos dela. Eu continuo tocando a minha guitarra. Fazemos uma nova pausa, eu vou até a coxia, vejo que ela continua parada diante do palco mesmo depois que paramos de tocar, fica ali com a amiga. Eu vou para a coxia, pego uma cerveja, um cigarro, e o Knut vem, pega uma cerveja, um cigarro, e então o Knut diz que vai dar uma voltinha, conhecer o lugar, nós vamos pernoitar no Centro da Juventude, então ele quer ver como vai ser a noite, ele diz, ri, e o Knut dá um bom gole na cerveja, e então o vejo ir. A garota, a noite inteira ela ficou diante do palco. Não me atrevi a olhar para ela, evitei olhar nos olhos dela, e então, de repente, lá estávamos nós. Eu bebo a cerveja, fumo um cigarro. Me levanto, digo que quero esticar as pernas um pouco, vou até o palco, dou uma olhada no salão, e vejo o Knut e a garota sentados no banco ao longo da parede oposta, e o Knut apoia o braço nos ombros dela, e eu vejo que ela se inclina na direção do Knut, mas o corpo dela está tenso, eu vejo, então volto, sento na coxia, pego mais uma cerveja, e então o baterista me diz para não beber tanto, não terminamos ainda, para maneirar um pouco, ele diz, e assinto, só mais uma, eu digo, sento, tomo a cerveja, e o baterista pergunta se tem alguma coisa errada comigo, eu pareço tão estranho, ele diz, e digo que não tem problema nenhum, não é nada de mais, e então ele diz que já vamos voltar a tocar, precisamos achar o Knut, precisamos começar, ele diz, ele sabe como é quando o Knut se dá bem, esquece de todo o resto, ele diz, e então ele vai, volta depois de um instante, diz que agora tenho que vir, vamos retomar agora, e eu levanto, vou até o palco, empunho a guitarra, ligo o amplificador, e ali está ela, ela está diante do palco, ela e a amiga estão lá, e nós recomeçamos, o salão está lotado agora, as pessoas dançam, se agitam, mas ela continua parada ali, diante do palco. Um fim de semana atrás do outro, transportando os equipamentos na velha caminhonete, dirigindo para algum Centro da Juventude, carregando tudo para dentro, acertando o som, tocando, fazendo intervalos, tocando, cerveja e cigarros durante os intervalos, e quando terminávamos, aí sim era uma festa, um fim de semana seguido ao outro. Naquela ocasião, aquela garota. Ela ficou diante do palco, a noite inteira, olhando para mim, olhando para o Knut. Agora eu ouço minha mãe subindo a escada, estou aqui sentado escrevendo, e lá vem a minha mãe, degrau por degrau, o que ela quer agora, ouço os passos dela pelo chão. Está preocupada comigo. Ela vai dizer que nunca mais saí de casa. Que desse jeito não dá. Que tenho que pôr um fim nesse negócio de escrever, ela diz. Não sei, não. Não saio mais de casa. Faz muito tempo que nem encosto mais na minha guitarra. Sei lá. Minha mãe fica parada ali, diante da porta, bate uma vez, em seguida abre a porta, olha para mim, pergunta o que é isso, por que eu nunca mais desço, não posso ficar aqui sentado, tenho que ir lá fora, desse jeito não é possível, antes eu ainda tocava a guitarra, pelo menos, agora é só isso aqui. Minha mãe está parada no vão da porta. Eu olho para ela, levanto os olhos, paro de escrever.

A minha mãe acabou de subir, ela me acaricia o rosto, diz que preciso parar de escrever, tenho que sair um pouco, nem que seja para fazer as compras, ou para tocar e ganhar algum dinheiro, ela disse, e então disse que tinha falado com a mãe do Knut, e ela contou que a mulher do Knut tinha morrido. A mãe do Knut falou que sabia que aquilo ainda ia acabar em tragédia. Não tinha como ser diferente, ela disse. Morreu já tinha algum tempo. Encontraram o corpo. Afogamento. Foi terrível, disse a mãe do Knut, mas só podia acabar em tragédia. As meninas foram as que mais sofreram, ela disse. Parece que foi suicídio. A minha mãe me acariciou o rosto e me pediu para descer. Eu não podia só ficar aqui escrevendo, ela disse. A minha mãe tinha acabado de subir. Eu tinha que descer, ela diz. Não sei, não. Essa angústia é insuportável. A minha mãe. Ouvi os passos dela descendo a escada. A minha mãe não é tão velha. Agora a angústia está insuportável. Por isso vou parar de escrever.

Esta tradução foi publicada com o apoio financeiro da NORLA, Norwegian Literature Abroad.

A marca FSC® é a garantia de que a madeira utilizada na fabricação do papel deste livro provém de florestas gerenciadas de maneira ambientalmente correta, socialmente justa e economicamente viável e de outras fontes de origem controlada.

Copyright © *Naustet*, Det Norske Samlaget, 1989
Publicado em acordo com Winje Agency e Casanovas & Lynch Literary Agency
Copyright da tradução © 2024 Editora Fósforo

Todos os direitos reservados. Nenhuma parte desta obra pode ser reproduzida, arquivada ou transmitida de nenhuma forma ou por nenhum meio sem a permissão expressa e por escrito da Editora Fósforo.

Título original: *Naustet*

DIRETORAS EDITORIAIS Fernanda Diamant e Rita Mattar
EDITORAS Juliana de A. Rodrigues e Maria Emilia Bender
ASSISTENTE EDITORIAL Millena Machado
PREPARAÇÃO Mariana Donner
REVISÃO Eduardo Russo e Denise Camargo
DIRETORA DE ARTE Julia Monteiro
CAPA Denise Yui
PROJETO GRÁFICO Alles Blau
EDITORAÇÃO ELETRÔNICA Página Viva

Dados Internacionais de Catalogação na Publicação (CIP)
(Câmara Brasileira do Livro, SP, Brasil)

Fosse, Jon
  A casa de barcos / Jon Fosse ; tradução do norueguês Leonardo Pinto Silva. — 1. ed. — São Paulo : Fósforo, 2024.

  Título original: Naustet
  ISBN: 978-65-6000-006-3

  1. Romance norueguês I. Título.

24-191284   CDD — 839.823

Índice para catálogo sistemático:
1. Romances : Literatura norueguesa   839.823

Aline Graziele Benitez — Bibliotecária — CRB-1/3129

Editora Fósforo
Rua 24 de Maio, 270/276, 10º andar, salas 1 e 2 — República
01041-001 — São Paulo, SP, Brasil — Tel: (11) 3224.2055
contato@fosforoeditora.com.br / www.fosforoeditora.com.br

Este livro foi composto em GT Alpina e
GT Flexa e impresso pela Ipsis em papel
Pólen Natural 80 g/m² da Suzano para a
Editora Fósforo em fevereiro de 2024.